STS
山田社

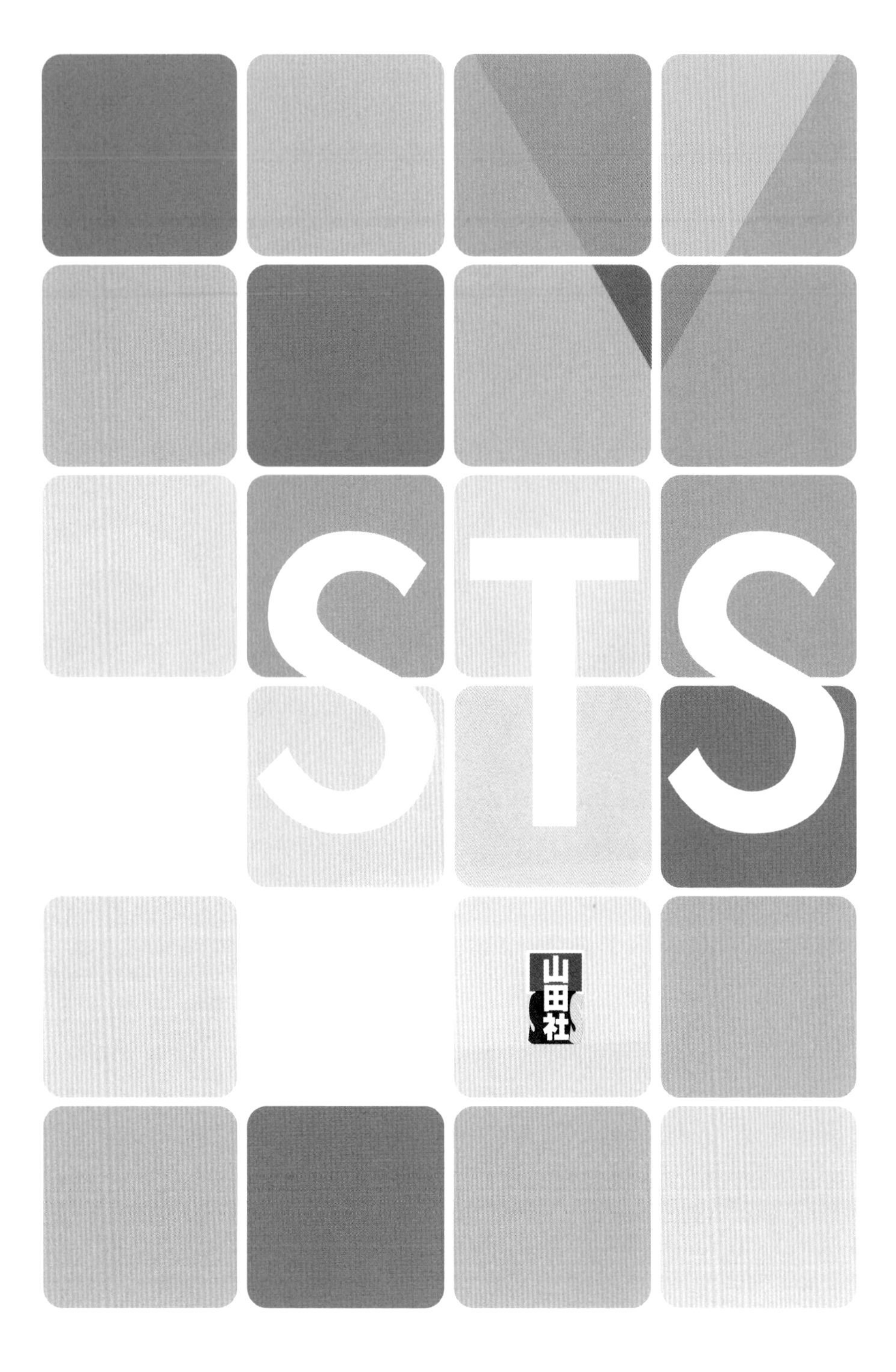
STS
山田社

안녕하세요 한국어.
잘 부탁합니다.

★獻給想要馬上說韓語的您★

遊韓
萬用版

出發前7天
旅遊韓語

金龍範◎著

山田社
Shan Tian She

前言
Preface

來去韓國玩囉！
7,6,5,4,3,2,1
出發前 7 天　馬上就要學會韓語

本書句子簡短，照樣溝通，好學、好記！中文拼音，用中文就能說韓語！貼心的羅馬拼音，讓您玩得更開心！吃喝玩樂句、追星交友句，通通有！幫助您輕輕鬆鬆，到韓國旅行不知不覺脱口說韓語！本書內容有：

一、找陌生韓國人，開口閒聊的韓語：

遇到韓國空姐，或是路上行人甚至計程車司機…等，都是練習韓語的好機會。提起勇氣，講就是了。當然要有禮貌喔！

二、享受當地美食、在地美酒用的韓語：

到國外當然要嘗一些平常台灣吃不到的東西，最好是當地的名物或名酒，看看當地人吃什麼喝什麼，就知道啦！用書上的韓語邊閒聊、邊品嚐，一定會有令人難忘的經驗喔！

三、奇景當前，嘖嘖稱讚用的韓語：

到韓國，一定要去探索奧秘的大自然，還有具有當地文化指標性的建築物，看到自然奇觀、建築奇蹟，嘖嘖稱讚用的韓語，就用這些句子表現吧！

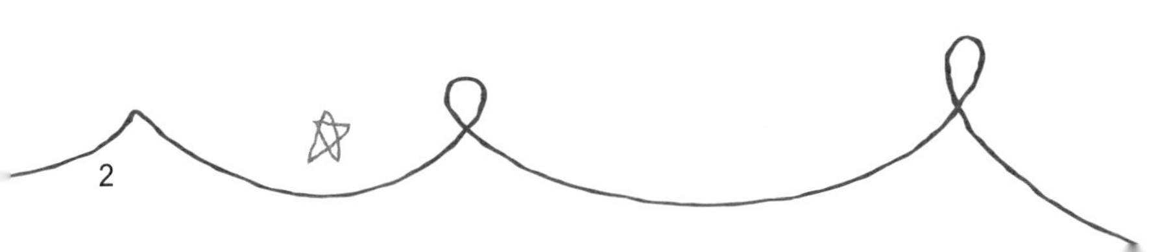

四、放鬆一下，享受護膚、按摩的韓語：

韓國有許多讓遊客輕鬆體驗的 SPA 設施，想要有最放鬆的享受，就用這些韓語吧！這樣就可以隨心所欲地度過悠閒時光，大大放鬆一下生活中緊張的情緒。

五、既然來就要帶走一些東西用的韓語：

韓國譬如明洞也是個購物聖地，不管是買一些當地的紀念品，好為這段旅行留念，或親朋好友托買的藥妝品，還是犒賞自己就是要買韓國品牌的衣服。到韓國盡情享受多姿多彩的購物樂趣，就用書上這些句子吧！

六、背起包包，四處探險的韓語：

走別人較少走的路線，或爬平時較難到的山，漫步在城市的歷史區…。想要找到最美麗的地方，就要靠自己的雙腳去尋找。用這些句子去尋找，絕對值回票價喔！

不要想太多，只要有連假，
提起包包，就到隔壁的韓國去玩吧！

出國旅遊就像跟自己談一場戀愛一樣，
好好的談一場戀愛吧！

透過難得的經驗與難忘的回憶，
讓自己全身上下脫胎換骨吧！

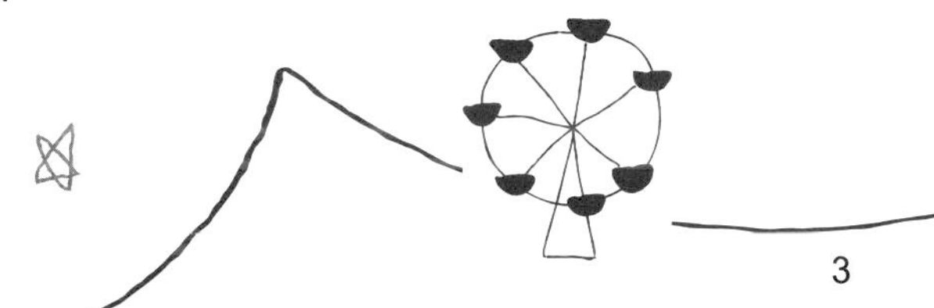

Have a nice trip!

目錄

Contents

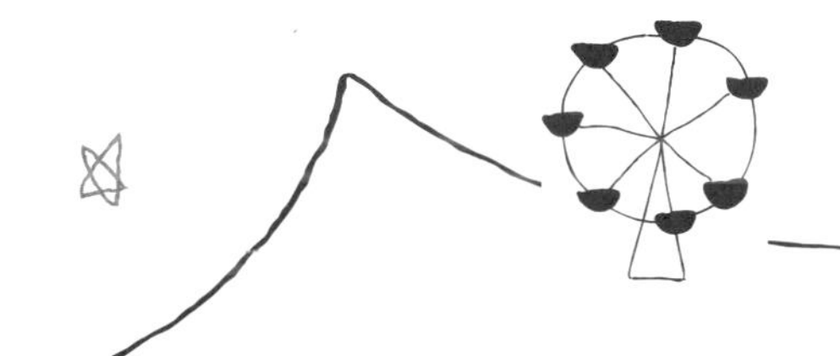

1

韓語很簡單

1・文字及發音來自中國

　　看起來有ㄌㄌ正正，有圈圈的韓語文字，據說那是創字時，從雕花的窗子，得到靈感的。圈圈代表太陽（天），橫線代表地，直線是人，這可是根據中國天地人思想，也就是宇宙自然法則的喔！

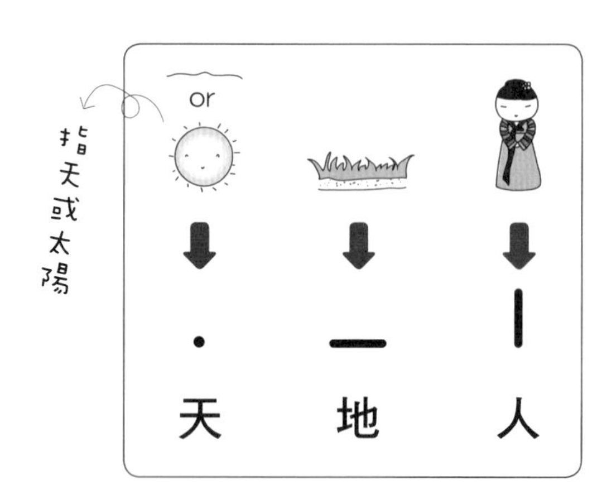

　　另外，韓文字的子音跟母音，在創字的時候，是模仿發音的嘴形，很多發音可以跟我們的注音相對照，而且也是用拼音的。

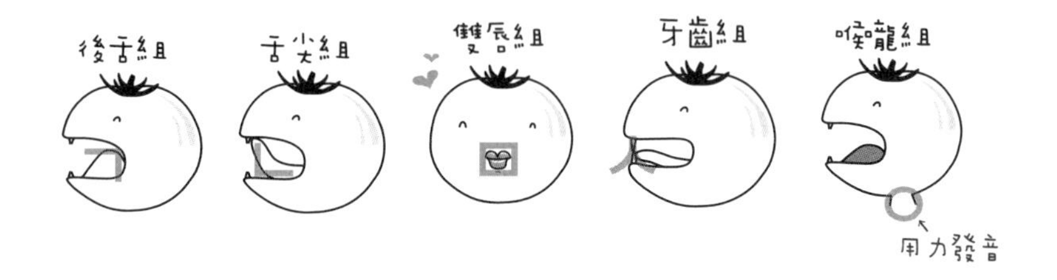

　　韓文有70%是漢字詞，那是從中國引進的。發音也是模仿了中國古時候的發音。因此，只要學會韓語40音，知道漢字詞的造詞規律，很快就能學會70%的單字。

自己 Check 出發前：7天○　6天○　5天○　4天○　3天○　2天○　1天○

여행이즐거워요

韓文是怎麼組成的呢？韓文是由母音跟子音所組成的。排列方法是由上到下，由左到右。大分有下列六種：

1 子音＋母音 ➡

子音
母音

2 子音＋母音 ➡

子音	母音

3 子音＋母音＋母音 ➡

子音	母音
母音	

4 子音＋母音＋子音（收尾音） ➡

子音
母音
子音（收尾音）

5 子音＋母音＋子音（收尾音） ➡

子音	母音
子音（收尾音）	

6 子音＋母音＋母音＋子音（收尾音） ➡

子音	母音
母音	
子音（收尾音）	

自己 Check 出發前：7天○ 6天○ 5天○ 4天○ 3天○ 2天○ 1天○

2 這樣記語順就簡單啦

中文的句子排列順序基本上是「主詞＋動詞＋受詞」；而韓語的句子排列順序是「主詞＋受詞＋動詞」。

中文語順

大家	愛	李敏鎬。
主詞	動詞	受詞

韓語語順

大家	×	李敏鎬	×	愛
mo du	ga	i min ho	reur	sa rang hae yo
모두	가	이민호	를	사랑해요.
母．讀	卡	衣．敏．呼	路	莎．郎．黑．喲
主詞		受詞		動詞

自己 Check 出發前：7天〇 6天〇 5天〇 4天〇 3天〇 2天〇 1天〇

3 · 發音跟台語很像

不管是學哪一個國家的語言，光是學發音跟文法是不可能上手的。想要上手，一定要背單字，而且單字要一個字一個字的去背的。還記得國中開始背英文單字嗎？不管是單字卡、單字大全，背單字是學語言必須要過的關卡。但是，不喜歡背單字的人，可就一個頭兩個大了。沒關係，這裡來介紹一下，背韓語單字的小撇步。

天啊！70%的韓語都是中文！

韓國一直到近代都使用漢字，韓國漢字跟我們的國字及日本漢字幾乎一樣。

韓語的固有語又叫本土詞彙，大約佔總數的20%；古典詞彙又叫漢字語，幾乎來自中國的漢語，約佔70%（其中10%是日式漢語）；外來語約佔10%（主要是英語）。而日常生活中使用頻率最高的是本土語言，文學評論中多用漢語詞彙。

漢語詞彙的發音和台灣話、客家話的發音有許多類似的地方。這是因為中原在遼金元清4代將近1000年期間，經歷北方異族入侵，使得唐代漢語的特徵消失大半，而這些特徵還保留在南方的福建、廣州等地方。因此，我們要學韓語，就是有這樣的優勢。韓語有：

固有語

自己Check 出發前：7天○ 6天○ 5天○ 4天○ 3天○ 2天○ 1天○

漢字語

漢字語幾乎都只有一種讀法，在韓語中約佔70%，其中10%是日式漢語，日式漢語是在近代從日本引進的。明治維新之後，日本成功地學習西方的技術與制度，西化也比中國早。因此，當時優秀的日本學者，大量地翻譯西方詞彙，然後再傳到中國。因此，對我們而言，也是很熟悉的。

漢字	韓文詞	中文
發 pal 발	발명 [pal.myeong]	發明
目 mok 목	목적 [mok.jeog]	目的
安 an 안	안심 [an.sim]	安心
山 san 산	산맥 [san.maeg]	山脈
東 tong 동	동양 [tong.yang]	東洋
愛 ae 애	애정 [ae.jeong]	愛情

自己 Check　出發前：7天◯　6天◯　5天◯　4天◯　3天◯　2天◯　1天◯

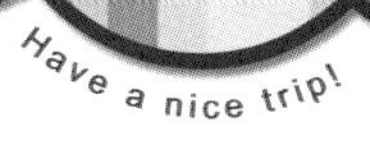

外來語

在韓國人日常會話中使用較廣泛的外來語，外來語大多通過英語音譯成韓語。學習韓語外來語的同時，也可以複習一下英語了。

導遊

韓語	ga i deu 가이드
英語	guide

筆記本

韓語	no teu 노트
英語	note

減重

韓語	da i eo teu 다이어트
英語	diet

商業

韓語	bi jeu ni seu 비즈니스
英語	business

襯衫

韓語	syeocheu 셔츠
英語	shirt

網路

韓語	in teo net 인터넷
英語	internet

傳真

韓語	paek seu 팩스
英語	fax

自己 Check 出發前：7天○　6天○　5天○　4天○　3天○　2天○　1天○

4 · 不一樣的地方，用公式記

韓語有助詞

韓語中有表示前面接的名詞是主詞的「이[i]/가[ga]」、「은[eun]/는[neun]」，表示前面接的名詞是受詞的「을[eur]/를[reul]」等助詞，這是中文所沒有的。

大家愛李敏鎬。

大家	×	李敏鎬	×	愛
mo du	ga	i min ho	reur	sa rang hae yo
모두	가	이민호	를	사랑해요.
母.讀	卡	衣.敏.呼	路	莎.郎.黑.喲

我吃飯。

我	×	飯	×	吃
jeo	neun	ba	beur	meo geo yo
저	는	밥	을	먹어요.
走	能	爬	布兒	末.勾.喲
我는		飯을		吃

自己 Check 出發前：7天○ 6天○ 5天○ 4天○ 3天○ 2天○ 1天○

分體言跟用言

體言

可以作為主詞的如名詞、代名詞、數詞等，語尾不會變化的。如：

名　詞	代名詞	數　詞
gae 개 / 狗	i geot 이것 / 這個	il 일 / 1
san 산 / 山	jeo geot 저것 / 那個	sam 삼 / 3
a beo ji 아버지 / 父親		ha na 하나 / 一個
		set 셋 / 三個

用言

可以作為述詞的如動詞、形容詞、存在詞、指定詞等，語尾會變化的。如：

動　詞	形容詞	存在詞	指定詞
meok da 먹다 / 吃	ye ppeu da 예쁘다 / 美麗的	it da 있다 / 有、在	i da 이다 / 是
bo da 보다 / 看	keu da 크다 / 大的	eop da 없다 / 沒有、不在	a ni da 아니다 / 不是
表示動作或作用	表示事物的性質或狀態	表示存在與否	表示對事物的斷定

自己 Check 出發前：7天○　6天○　5天○　4天○　3天○　2天○　1天○

會變化的用言

韓語跟日語一樣，用言的語幹後面，可以接上各種語尾的變化，來表達各式各樣的情境。例如，以「吃」먹다[meok.da]來做例子。

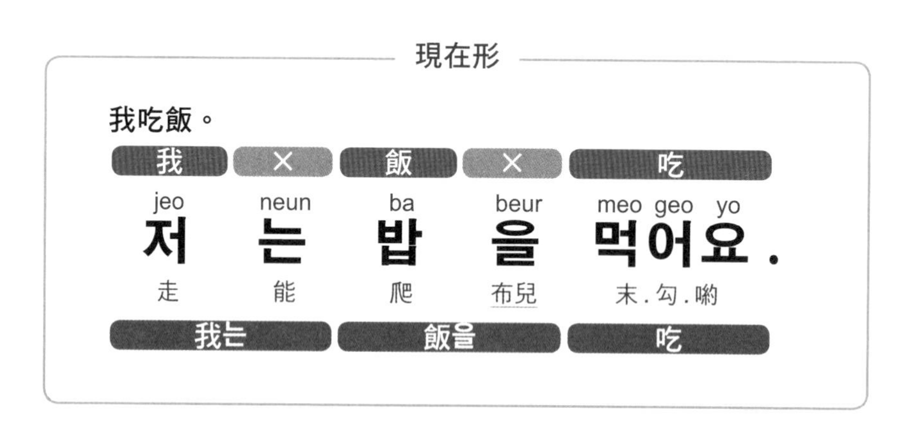

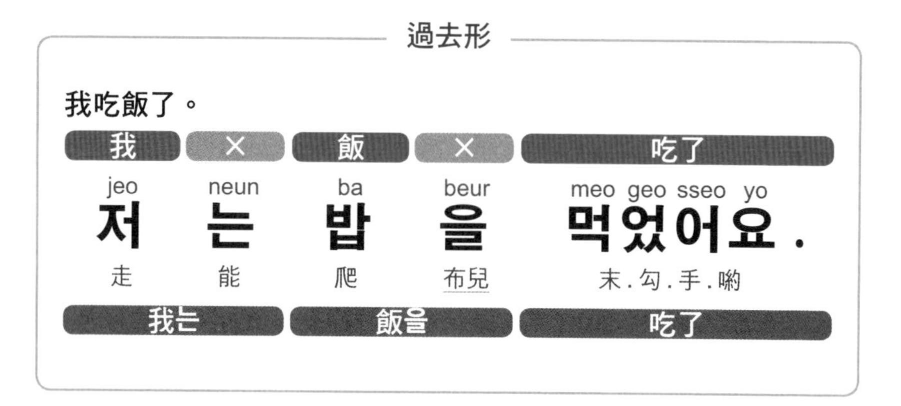

自己Check 出發前：7天○ 6天○ 5天○ 4天○ 3天○ 2天○ 1天○

希望形

我想吃飯。

我	×	飯	×	吃	想
jeo	neun	ba	beur	meok	go	si peo yo

jeo	neun	ba	beur	meok	go	si peo yo
저	**는**	**밥**	**을**	**먹**	**고**	**싶어요.**
走	能	爬	布兒	摸	姑	細.波.喲

我는 | 飯을 | 吃 | 想

請託形

請吃飯。

我	×	吃	×	請
ba	beur	meo	geo	ju se yo
밥	**을**	**먹**	**어**	**주세요.**
爬	布兒	末	勾	阻.誰.喲

飯을 | 吃 | 請

自己Check 出發前：7天○　6天○　5天○　4天○　3天○　2天○　1天○

重視上下尊卑的關係

韓語跟日語一樣，用言的語幹後面，可以接上各種語尾的變化，來表達各式各樣的情境。例如，以「吃」먹다[meok.da]來做例子。

尊敬的說法有兩種

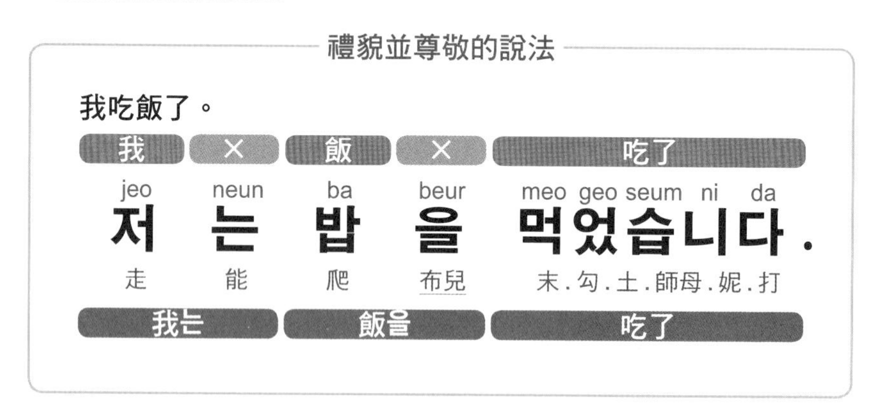

客氣但不是正式的說法

我吃飯了。

我	×	飯	×	吃了
jeo	neun	ba	beur	meo geo sseo yo
저	는	밥	을	먹었어요.
走	能	爬	布兒	末.勾.手.喲
我는		飯을		吃了

自己 Check 出發前：7天○ 6天○ 5天○ 4天○ 3天○ 2天○ 1天○

半語

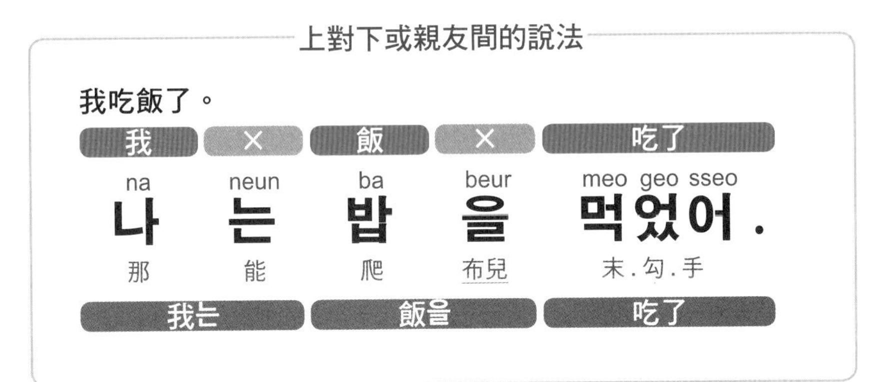

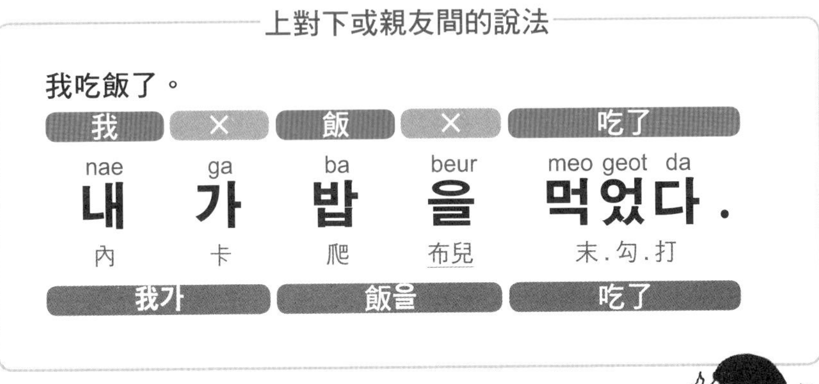

自己 Check 出發前：7天○ 6天○ 5天○ 4天○ 3天○ 2天○ 1天○

旅行小記

2 基本母音和子音

1 基本母音

韓語只有40個字母，其中有21個母音和19個子音。母音中，基本母音有10個，是模仿天（・＝天圓）、地（ㅡ＝地平）、人（ㅣ＝人直）的形狀而造出來的。

發音特色分三種：嘴自然大大張開；雙唇攏成圓形；嘴唇向兩邊拉開發像注音「一」音。另外，為了讓字形看起來整齊、美觀，會多加一個「ㅇ」，但不發音喔。

ㅏ → 아 (a)

像注音「ㄚ」。嘴巴放鬆自然張大，舌頭碰到下齒齦，嘴唇不是圓形喔！

ㅑ → 야 (ya)

像注音「一ㄚ」。先發 「ㅣ[i]」，再快速滑向「ㅏ [a]」。

ㅓ → 어 (eo)

像注音「ㄛ」。先張開嘴巴下顎往下拉，再發出聲音。嘴唇不是圓形的喔！

ㅕ → 여 (yeo)

像注音「一ㄛ」。先發「ㅣ[i]」，再快速滑向 「ㅓ [eo]」。

自己 Check 出發前：7天○　6天○　5天○　4天○　3天○　2天○　1天○

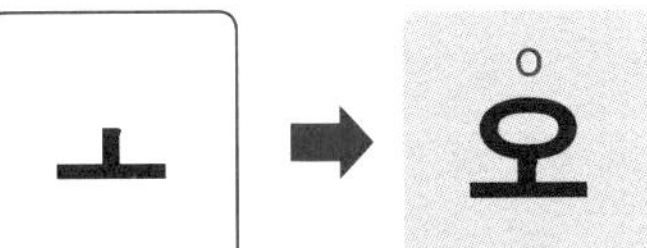

像注音「ㄡ」。先張開嘴巴成o型，再出聲音。

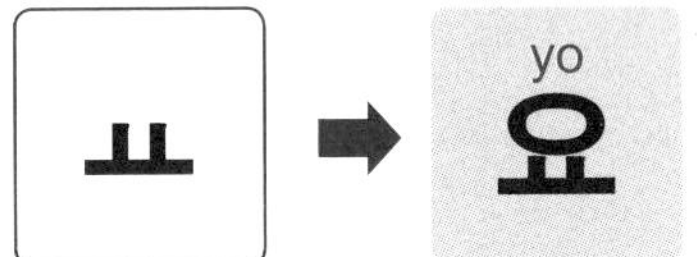

像注音「ㄧㄡ」。先發 「ㅣ[i]」，然後快速滑向 「ㅗ[o]」。

像注音「ㄨ」。它的口形比[o]小些，雙唇向前攏成圓形。

ㅠ → yu 유

像注音「ㄧㄨ」。先發「ㅣ[i]」， 再快速滑向 「ㅜ[u]」。

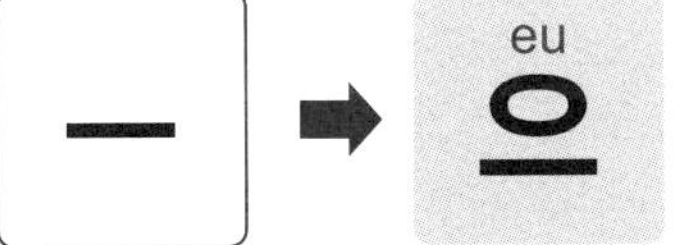

像注音「ㄜㄨ」。嘴巴微張，左右拉成一字形。

ㅣ → i 이

像注音「ㄧ」。嘴巴微張，左右拉開一些。

自己Check 出發前：7天○ 6天○ 5天○ 4天○ 3天○ 2天○ 1天○

動手寫寫看

아	아										
야	야										
어	어										
여	여										
오	오										
요	요										
우	우										
유	유										
으	으										
이	이										

自己 Check 出發前：7天○ 6天○ 5天○ 4天○ 3天○ 2天○ 1天○

單字練習

❶

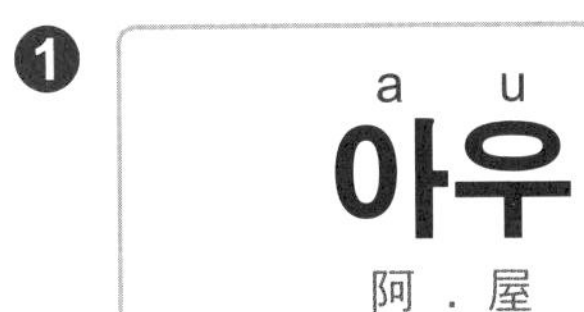

a u
아우
阿 . 屋

弟弟

❷

a ya
아야
阿 . 鴨

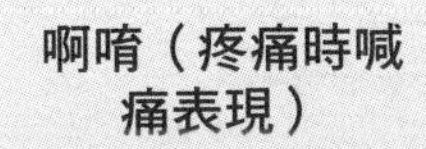

啊唷（疼痛時喊痛表現）

❸

eo i
어이
哦 . 衣

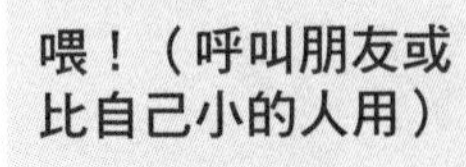

喂！（呼叫朋友或比自己小的人用）

❹

yeo yu
여유
有 . 友

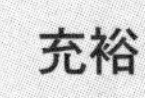

充裕

❺

o i
오이
歐 . 衣

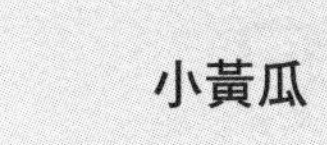

小黃瓜

自己 Check 出發前：7天○ 6天○ 5天○ 4天○ 3天○ 2天○ 1天○

單字練習

❻

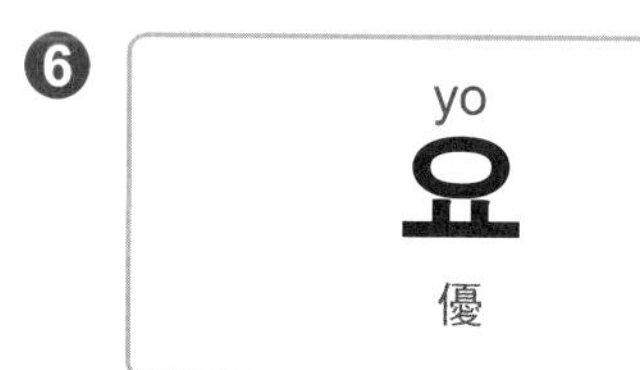

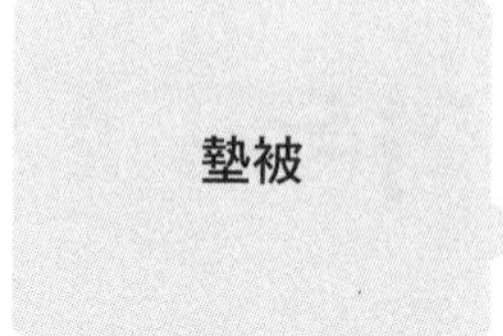

❼

u yu
우유
屋．優

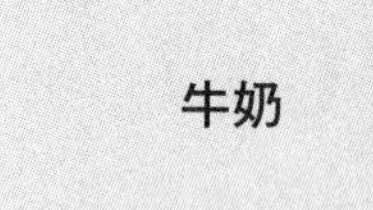

❽

yu a
유아
油．阿

❾

eu eung
으응
惡．嗯

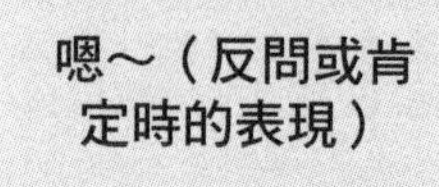

❿

i yu
이유
衣．由

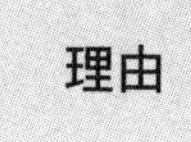

自己 Check 出發前：7天○ 6天○ 5天○ 4天○ 3天○ 2天○ 1天○

2・基本子音

Track 2

韓語有19個子音，但其實最基本的只有9個（又叫平音），其他10個是由這9個變化來的。子音是模仿人發音的口腔形狀。子音不能單獨使用，必須跟母音拼在一起。

這很像我們的注音符號，例如：「歌手」（ㄍㄜ.ㄕㄡ）兩字，韓語是這樣拼的「가수」（ga.su），發音也跟中文很像喔！簡單吧！

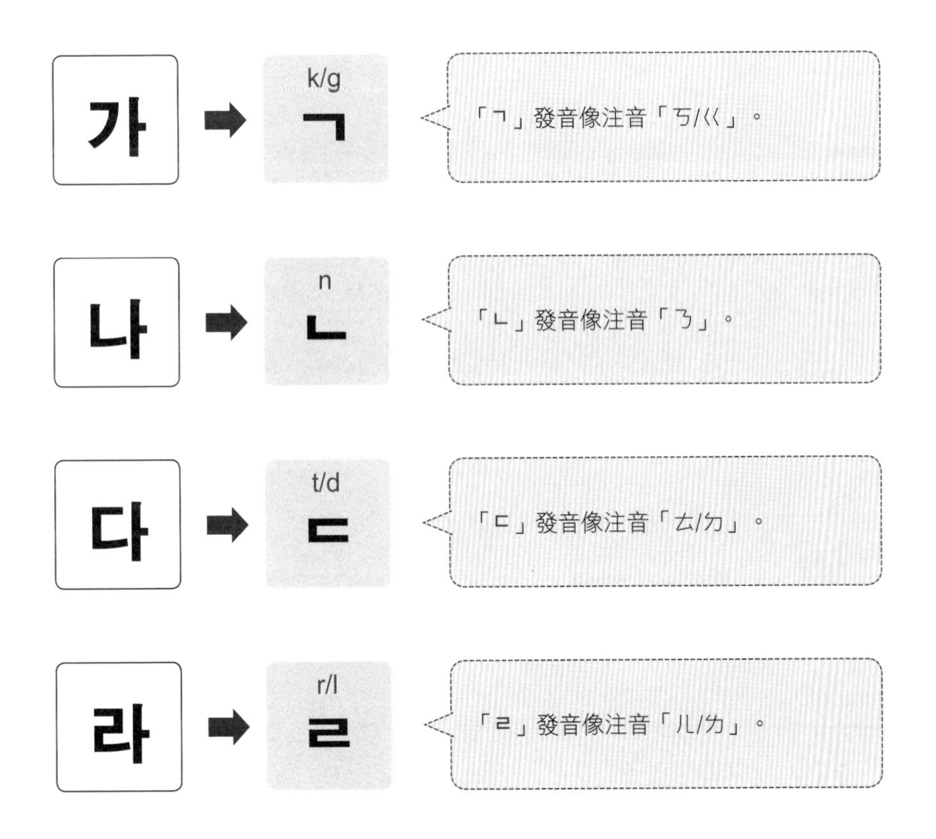

自己Check 出發前：7天○ 6天○ 5天○ 4天○ 3天○ 2天○ 1天○

自己 Check 出發前：7天○ 6天○ 5天○ 4天○ 3天○ 2天○ 1天○

動手寫寫看

가	가											
나	나											
다	다											
라	라											
마	마											
바	바											
사	사											
아	아											
자	자											
하	하											

自己 Check 出發前：7天◯　6天◯　5天◯　4天◯　3天◯　2天◯　1天◯

單字練習

❶ ka gu
가구
卡．姑

家具

❷ nu gu
누구
努．姑

誰

❸ eo di
어디
喔．低

哪裡

❹ na ra
나라
娜．拉

國家

❺ meo ri
머리
末．李

頭

自己 Check 出發前：7天○ 6天○ 5天○ 4天○ 3天○ 2天○ 1天○

❻ pa bo
바보
爬．普

傻瓜、笨蛋

❼ to si
도시
土．細

都市

❽ yeo gi
여기
有．給

這裡

❾ chu so
주소
阻．嫂

地址

❿ hyu ji
휴지
休．幾

面紙、
衛生紙

自己 Check 出發前：7天○ 6天○ 5天○ 4天○ 3天○ 2天○ 1天○

旅行小記

3 送氣音、硬音

1 送氣音、硬音

送氣音就是靠腹部用力發的音；硬音是靠喉嚨用力發的音。

送氣音

차 ➡ ch ㅊ

很像注音「ㄘ/ㄑ」。發音方法跟「ㅈ」一樣，只是發「ㅊ」時要加強送氣。

카 ➡ k ㅋ

很像注音「ㄎ」。發音方法跟「ㄱ」一樣，只是發「ㅋ」時要加強送氣。

타 ➡ t ㅌ

很像注音「ㄊ」。發音方法跟「ㄷ」一樣，只是發「ㅌ」時要加強送氣。

파 ➡ p ㅍ

很像注音「ㄆ」。發音方法跟「ㅂ」一樣，只是發「ㅍ」時要加強送氣。

自己 Check 出發前：7天○ 6天○ 5天○ 4天○ 3天○ 2天○ 1天○

3

硬音

까	kk ㄲ	很像用力唸注音「ㄍ丶」。與「ㄱ」的發音基本相同。
따	tt ㄸ	很像用力唸注音「ㄉ丶」。與「ㄷ」基本相同，只是要用力唸。
빠	pp ㅃ	很像用力唸注音「ㄅ丶」。與「ㅂ」基本相同，只是要用力唸。
싸	ss ㅆ	很像用力唸注音「ㄙ丶」。與「ㅅ」基本相同，只是要用力唸。
짜	cch ㅉ	很像用力唸注音「ㄗ丶」。與「ㅈ」基本相同，只是要用力唸。

自己 Check 出發前：7天○　6天○　5天○　4天○　3天○　2天○　1天○

動手寫寫看

①ㅊ②③	ㅊ						
①ㅋ②	ㅋ						
①ㅌ②③	ㅌ						
①ㅍ②③④	ㅍ						

①②ㄲ	ㄲ						
①③ㄸ②④	ㄸ						
①②④⑥⑧ㅃ③⑤⑦	ㅃ						
①③ㅆ②④	ㅆ						
①③ㅉ②④	ㅉ						

自己Check 出發前：7天○　6天○　5天○　4天○　3天○　2天○　1天○

單字練習

❶

cha
차
擦

茶、車子

❷

ku ki
쿠키
酷．渴意

❸

ti syeo cheu
티셔츠
提．秀．恥

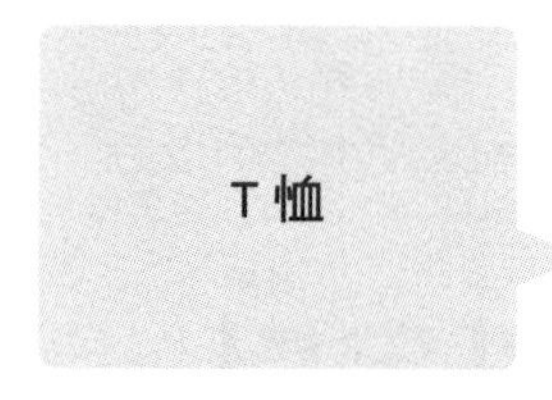

❹

keo pi
커피
口．匹

自己 Check 出發前：7天◯ 6天◯ 5天◯ 4天◯ 3天◯ 2天◯ 1天◯

單字練習

❺ kko ma
꼬마
姑．馬

小不點

❻ tto
또
豆

那麼，又

❼ o ppa
오빠
喔．爸

哥哥

❽ ssa u da
싸우다
沙．屋．打

打架

❾ ka ccha
가짜
卡．恰

騙的、假的

自己 Check 出發前：7天〇 6天〇 5天〇 4天〇 3天〇 2天〇 1天〇

3

反切表　平音、送氣音跟基本母音的組合

母音 子音	ㅏ a	ㅑ ya	ㅓ eo	ㅕ yeo	ㅗ o	ㅛ yo	ㅜ u	ㅠ yu	ㅡ eu	ㅣ i
ㄱ k/g	가 ka	갸 kya	거 keo	겨 kyeo	고 ko	교 kyo	구 ku	규 kyu	그 keu	기 ki
ㄴ n	나 na	냐 nya	너 neo	녀 nyeo	노 no	뇨 nyo	누 nu	뉴 nyu	느 neu	니 ni
ㄷ t/d	다 ta	댜 tya	더 teo	뎌 tyeo	도 to	됴 tyo	두 tu	듀 tyu	드 teu	디 ti
ㄹ r/l	라 ra	랴 rya	러 reo	료 ryeo	로 ro	료 ryo	루 ru	류 ryu	르 reu	리 ri
ㅁ m	마 ma	먀 mya	머 meo	며 myeo	모 mo	묘 myo	무 mu	뮤 myu	므 meu	미 mi
ㅂ p/b	바 pa	뱌 pya	버 peo	벼 pyeo	보 po	뵤 pyo	부 pu	뷰 pyu	브 peu	비 pi
ㅅ s	사 sa	샤 sya	서 seo	셔 syeo	소 so	쇼 syo	수 su	슈 syu	스 seu	시 si
ㅇ —/ng	아 a	야 ya	어 eo	여 yeo	오 o	요 yo	우 u	유 yu	으 eu	이 i
ㅈ ch/j	자 cha	쟈 chya	저 cheo	져 chyeo	조 cho	죠 chyo	주 chu	쥬 chyu	즈 cheu	지 chi
ㅊ ch	차 cha	챠 chya	처 cheo	쳐 chyeo	초 cho	쵸 chyo	추 chu	츄 chyu	츠 cheu	치 chi
ㅋ k	카 ka	캬 kya	커 keo	켜 kyeo	코 ko	쿄 kyo	쿠 ku	큐 kyu	크 keu	키 ki
ㅌ t	타 ta	탸 tya	터 teo	텨 tyeo	토 to	툐 tyo	투 tu	튜 tyu	트 teu	티 ti
ㅍ p	파 pa	퍄 pya	퍼 peo	펴 pyeo	포 po	표 pyo	푸 pu	퓨 pyu	프 peu	피 pi
ㅎ h	하 ha	햐 hya	허 heo	혀 hyeo	호 ho	효 hyo	후 hu	휴 hyu	흐 heu	히 hi

自己 Check　出發前：7天○　6天○　5天○　4天○　3天○　2天○　1天○

旅行小記

4 複合母音

1 複合母音

Track 4

接下來我們來看由兩個母音組成的「複合母音」。不用著急，一點一點記下來就行啦！

ㅐ → ae 애

是由「ㅏ [a]+ㅣ [i]」組合而成的。很像注音「ㄟ」。

ㅒ → yae 얘

是由「ㅑ[ya] + ㅣ [i]」組合而成的。很像注音「一ㄟ」。

ㅔ → e 에

是由「ㅓ [eo] + ㅣ[i]」組合而成的。很像注音「ㄝ」。

ㅖ → ye 예

是由「ㅕ [yeo]+ㅣ [i]」組合而成的。很像注音「一ㄝ」。

ㅘ → wa 와

是由「ㅗ [o] + ㅏ [a]」組合而成的。很像注音「ㄨㄚ」。

自己Check 出發前：7天○ 6天○ 5天○ 4天○ 3天○ 2天○ 1天○

母音	字	說明
ㅙ	wae 왜	是由「ㅗ [o] + ㅐ [ae]」組合而成的。很像注音「ㄛㄝ」。
ㅚ	oe 외	是由「ㅗ [o]+ㅣ[i]」組合而成的。很像注音「ㄨㄝ」。
ㅝ	wo 워	是由「ㅜ [u]+ㅓ [eo]」組合而成的。很像注音「ㄨㄛ」。
ㅞ	we 웨	是由「ㅜ [u] + ㅔ [e]」組合而成的。很像注音「ㄨㄝ」。
ㅟ	wi 위	發音時，是由「ㅜ [u] + ㅣ [i]」組合而成的。很像注音「ㄩ」。
ㅢ	ui 의	是由「ㅡ [eu]+ㅣ [i]」組合而成的。很像注音「ㄜㄧ」。

自己 Check 出發前：7天○ 6天○ 5天○ 4天○ 3天○ 2天○ 1天○

動手寫寫看

애	애					
얘	얘					
에	에					
예	예					
와	와					
왜	왜					
외	왜					
워	워					
웨	웨					
위	위					
의	의					

自己 Check 出發前： 7 天○ 6 天○ 5 天○ 4 天○ 3 天○ 2 天○ 1 天○

單字練習

❶

❷

yae
애
也

❸

me nyu
메뉴
梅．牛

❹

ye bae
예배
也．北

❺

sa gwa
사과
傻．瓜

自己 Check 出發前：7天◯　6天◯　5天◯　4天◯　3天◯　2天◯　1天◯

單字練習

6 yu kwae
유쾌
有．快

愉快

7 hoe sa
회사
會．莎

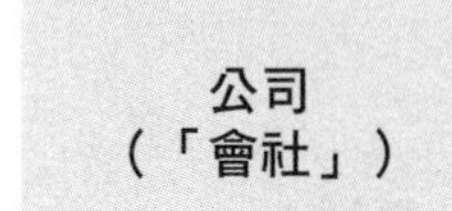

公司
（「會社」）

8 won
원
旺

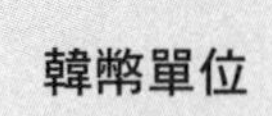

韓幣單位

9 we i beu
웨이브
胃．衣．布

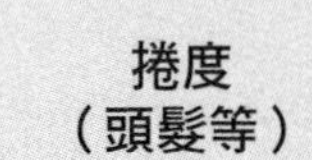

捲度
（頭髮等）

10 chwi mi
취미
娶．米

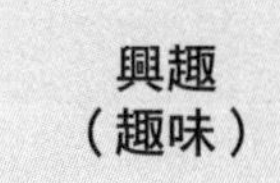

興趣
（趣味）

11 ui ja
의자
烏衣．加

椅子

自己Check 出發前：7天○　6天○　5天○　4天○　3天○　2天○　1天○

5

收尾音

1・收尾音（終音），跟發音變化

收尾音（終音）

韓語的子音可以在字首，也可以在字尾，在字尾的時候叫收尾音，又叫終音。韓語19個子音當中，除了「ㄸ、ㅃ、ㅉ」之外，其他16種子音都可以成為收尾音。但實際只有7種發音，27種形式。

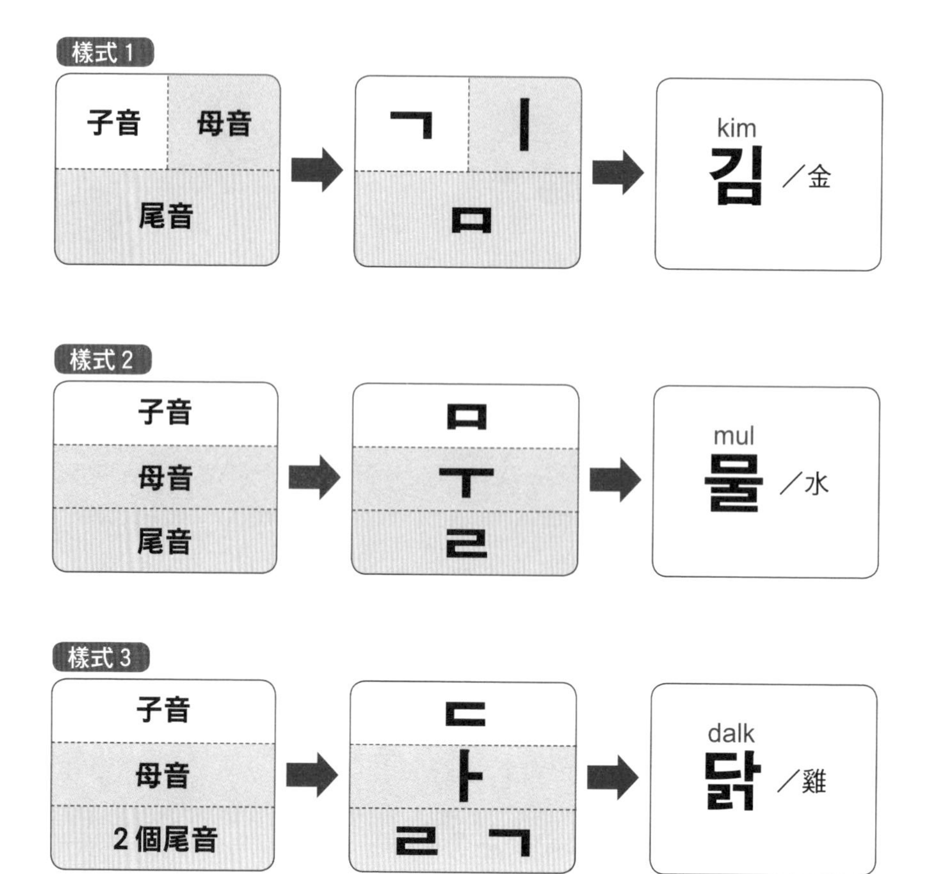

自己 Check 出發前：7天○ 6天○ 5天○ 4天○ 3天○ 2天○ 1天○

收尾音種類

韓語	發音	種類
ㄱ	k	ㄱ ㅋ ㄲ ㄳ ㄺ
ㄴ	n	ㄴ ㄵ ㄶ
ㄷ	t	ㄷ ㅌ ㅅ ㅆ ㅈ ㅊ
ㄹ	l	ㄹ ㄼ ㄽ ㄾ ㅀ
ㅁ	m	ㅁ ㄻ
ㅂ	p	ㅂ ㅍ ㅄ ㄿ
ㅇ	ng	ㅇ

自己 Check 出發前：7天○ 6天○ 5天○ 4天○ 3天○ 2天○ 1天○

2 · 連音化

「ㅇ」有時候像麻薯一樣，只要收尾音的後一個字是「ㅇ」時，收尾音會被黏過去唸。但是「ㅇ」也不是很貪心，如果收尾音有兩個，就只有右邊的那一個會被移過去念。

正確表記		實際發音	
tan eo 단어	➡	ta neo 다너	單字
kaps i 값이	➡	kap si 갑시	價格
seo ul i e yo 서울이에요	➡	seo u li e yo 서우리에요	是首爾

6

背韓語單字小撇步

1．利用我們的優勢來記韓語單字

從發音相近的詞彙，來推測詞意

好啦！那麼我們就先從發音相近的詞彙，來推測詞彙的意思吧！

韓文	中文拼音	英文拼音
학교	哈．叫	hak.gyo
가족	卡．走客	ga.jog
교과서	叫．瓜．瘦	gyo.gwa.seo
시간	西．刊	si.gan
도로	都．樓	do.ro
잡지	夾撲．吉	jap.ji
요리	優．里	yo.ri

自己 Check 出發前：7天○ 6天○ 5天○ 4天○ 3天○ 2天○ 1天○

請多發幾次音看看。再想像一下跟中文發音相似的單字。答案如下：

韓文	中文翻譯
학교	學校
가족	家族
교과서	教科書
시간	時間
도로	道路
잡지	雜誌
요리	料理

看到上面知道，韓語有發子音的收尾音，還有連音的現象。

自己 Check 出發前：7天◯　6天◯　5天◯　4天◯　3天◯　2天◯　1天◯

利用韓語的特定發音跟中文的特定發音

Point 1 **中文一樣的話，發音也一樣，韓語也有同樣的情形**

中文裡有「學者」跟「校門」這兩個字，如果各取出第一個字，就成為「學校」。韓語也是一樣。我們看一下：

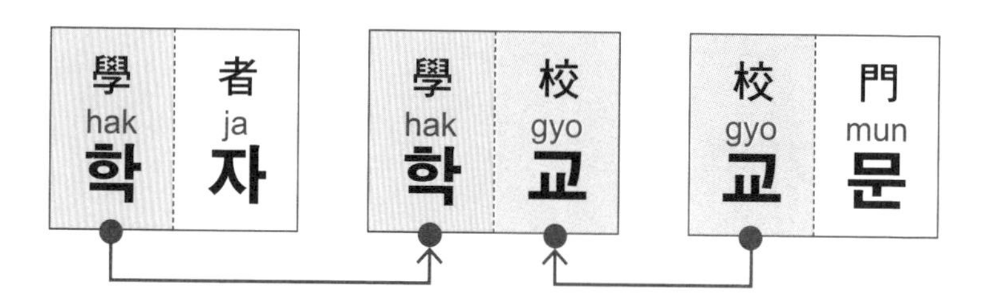

Point 2 **同音異字**

還有一個單字記憶撇步。那就是「同音異字」記憶法，例如「영」這個字。

韓文	中　譯	英文拼音
영국	英國	yeong.gug
영업	營業	yeong.eob
영원	永遠	yeong.won
영자	影子	yeong.ja
배영	背泳	bae.yeong

一個「영」音就有「英、營、永、影、泳…」這麼多的相異字。這麼多跟我們相似的地方，也就是我們學習韓語的優勢喔！

自己Check 出發前：7天○　6天○　5天○　4天○　3天○　2天○　1天○

7

實用單字

1·韓·國·料·理

Track 5

中文	羅馬拼音	韓文	發音
韓國泡菜	gim.chi	김치	金母.七
烤三層肉	sam.gyeop.sal	삼겹살	山母.久.沙兒
韓式純豆腐	sun.du.bu	순두부	順.禿.樸
韓國火鍋	jji.gae	찌개	幾.給
韓國 BB 拌飯	bi.bim.bbap	비빔밥	比.冰.旁
韓國燒烤	bul.go.gi	불고기	普.姑.幾
冷麵	naeng.myeon	냉면	年.妙
湯飯	guk.bbap	국밥	哭.旁
人參雞湯	sam.ge.tang	삼계탕	山母.給.湯
燒烤雞肉蔬菜料理	dak.ggal.bi	닭갈비	它.卡兒.比
棒狀年糕	tteok.bbo.kki	떡볶이	都.普.忌
（烤）石鍋拌飯	dol.sot.bi.bim.bbap	돌솥비빔밥	土.手.比.冰.旁
生牛肉料理	yu.koe	육회	友.愧
海苔	gim	김	金母

自己 Check 出發前：7天○ 6天○ 5天○ 4天○ 3天○ 2天○ 1天○

7

面疙瘩湯	su.je.bi **수제비**

樹 . 借 . 比

燉煮整隻雞的火鍋	da.kan.ma.ri **닭한마리**

打 . 刊 . 滿 . 立

裙帶菜湯	mi.yeok.gguk **미역국**

米 . 有苦 . 哭

黃瓜韓國泡菜	o.i.gim.chi **오이김치**

喔 . 衣 . 金母 . 七

烤肉串	kko.chi.gu.i **꼬치구이**

扣 . 七 . 姑 . 衣

韓國菜	han.gung.yo.ri **한국요리**

韓 . 姑恩 . 喲 . 立

煮蟬蛹	beon.de.gi **번데기**

朋 . 得 . 幾

鍋巴	nu.rung.ji **누룽지**

努 . 弄 . 吉

烤魚	saeng.seon.gu.i **생선구이**

先 . 松 . 姑 . 衣

辣味香腸	bu.dae.jji.gae **부대찌개**

樸 . 貼 . 幾 . 給

豆芽菜	kong.na.mul **콩나물**

工 . 那 . 母

韓式套餐	han.jeong.sik **한정식**

韓 . 窮 . 西哥

烤餅	ho.tteok **호떡**

虎 . 豆

白煮豬肉	bo.ssam **보쌈**

普 . 山母

自己 Check 出發前：7天○ 6天○ 5天○ 4天○ 3天○ 2天○ 1天○

Track 6

中文	拼音	韓文	發音
咖啡	keo.pi	커피	哥.匹
可樂	kol.la	콜라	口.拉
果汁	ju.seu	쥬스	阻.司
水	mul	물	母
礦泉水	saeng.su	생수	先.樹
牛奶	u.yu	우유	無.友
紅茶	hong.cha	홍차	紅.恰
烏龍茶	u.rong.cha	우롱차	無.龍.恰
綠茶	nok.cha	녹차	濃.恰
冷開水	chan.mul	찬물	搶.母
核桃杏仁營養茶	youl.mu.cha	율무차	油.木.恰
柚子茶	you.ja.cha	유자차	友.叉.恰
玉米鬚茶	ok.su.su.cha	옥수수차	歐.樹.樹.恰
五味子茶	o.mi.ja.cha	오미자차	喔.米.叉.恰

自己Check 出發前：7天○ 6天○ 5天○ 4天○ 3天○ 2天○ 1天○

中文	拼音	韓文	發音
酒	sul	술	輸
威士忌	wi.seu.ki	위스키	為.司.忌
啤酒	maek.jju	맥주	妹.楚
生啤酒	saeng.maek.jju	생맥주	先.妹.楚
瓶裝啤酒	byeong.maek.jju	병맥주	蘋.妹.楚
葡萄酒	wa.in	와인	娃.音
蘭姆酒	reom.ju	럼주	摟母.阻
韓國米酒	dong.dong.ju	동동주	同.同.阻
韓國濁米酒	mak.geol.li	막걸리	忙.勾.里
梅子酒	mae.sil.ju	매실주	每.吸.阻
伏特加	bo.deu.ka	보드카	普.的.卡
汽水	sa.i.da	사이다	莎.衣.打
香檳酒	syam.pe.in	샴페인	香.片.音
燒酒	so.ju	소주	嫂.阻

自己Check 出發前：7天○ 6天○ 5天○ 4天○ 3天○ 2天○ 1天○

3·衣·服

T恤
T.syeo.cheu
T 셔츠
T.秀.恥

Y領襯衫
Y.syeo.cheu
Y 셔츠
Y.秀.恥

襯衫
syeo.cheu
셔츠
秀.恥

大衣
ko.teu
코트
科.的

夾克
jeom.peo
점퍼
窮.波

套裝
jeong.jang
정장
窮.張

毛衣
seu.we.teo
스웨터
司.為.頭

睡衣
ja.mot
잠옷
叉.摸

開襟毛衣
ga.di.geon
가디건
卡.低.公

女禮服
deu.re.seu
드레스
的.雷.司

裙子
chi.ma
치마
七.滿

女用襯衫
beul.la.u.seu
블라우스
笨兒.拉.無.司

褲子
ba.ji
바지
爬.吉

毛皮
mo.pi
모피
某.匹

自己Check 出發前：7天○ 6天○ 5天○ 4天○ 3天○ 2天○ 1天○

中文	拼音	韓文	讀音
胸罩	beu.rae.ji.eo	브래지어	布．雷．吉．喔
內褲	pean.ti	팬티	偏．提
外衣，上衣	wit.ddo.ri	윗도리	為．土．立
泳裝	su.yeong.bok	수영복	樹．用．伯克
長袖	gin.pal	긴팔	金．怕兒
西服	yang.bok	양복	洋．伯克
婦人裝	sung.nyeo.bok	숙녀복	松．牛．伯克
比基尼	bi.ki.ni	비키니	比．忌．寧
短褲	ban.ba.ji	반바지	般．爬．吉
內衣	so.got	속옷	嫂．姑特
短袖	ban.pal	반팔	般．怕兒
衣服	ot	옷	喔特
韓服	han.bok	한복	韓．伯克
紳士服	sin.sa.bok	신사복	新．沙．伯克

自己 Check 出發前：7天○ 6天○ 5天○ 4天○ 3天○ 2天○ 1天○

4・細小附件及首飾

中文	韓文	拼音	諧音
帽子	모자	mo.ja	某.叉
皮帶	벨트	pel.teu	陪.的
皮包	가방	ga.bang	卡.胖
錢包	지갑	ji.gap	吉.甲
記事本	수첩	su.cheop	樹.秋
數位相機	디지털카메라	di.ji.teol.ka.me.ra	低.吉.頭.卡.梅.郎
手機	휴대폰	hyu.dae.pon	休.貼.朋
吊飾	악세사리	ak.se.sa.ri	阿苦.誰.莎.立
太陽眼鏡	선글라스	seon.geul.la.seu	松.股.拉.司
眼鏡	안경	an.gyeong	安.欲恩
戒指	반지	ban.ji	般.吉
絲巾	스카프	seu.ka.peu	司.卡.普
圍巾	목도리	mok.ddo.ri	某.吐.立
手帕	손수건	son.su.geon	鬆.樹.公

自己Check 出發前：7天○ 6天○ 5天○ 4天○ 3天○ 2天○ 1天○

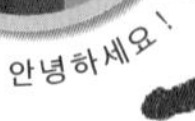

紙巾，衛生紙	hyu.ji 휴지 休.吉
手套	jang.gap 장갑 張.甲
手錶	son.mok.si.ge 손목시계 鬆.某.細.給
襪子	yang.mal 양말 洋.馬
絲襪	seu.ta.king 스타킹 司.他.金恩
鑰匙圈	yeol.soe.go.ri 열쇠고리 友.塞.姑.立
綁頭髮的橡皮筋	meo.ri.kkeun 머리끈 末.立.滾
髮夾	meo.ri.pin 머리핀 末.立.平
手鐲	pal.jji 팔찌 怕兒.幾
耳環	gwi.geo.ri 귀걸이 桂.狗.立
胸針	beu.ro.chi 브로치 布.樓.七
項鍊	mok.ggeo.ri 목걸이 某.勾.立
鑽石	da.i.a.mon.deu 다이아몬드 打.衣.阿.門.的
紅寶石	ru.bi 루비 魯.比

自己Check 出發前：7天〇 6天〇 5天〇 4天〇 3天〇 2天〇 1天〇

寶石	bo.seok **보석** 普．受
金，黃金	geum,hwang.geum **금，황금** 刻木．荒．刻木
銀，白銀	eun **은** 吻
珍珠	jin.ju **진주** 親．阻

旅行小記

自己 Check 出發前：7天〇 6天〇 5天〇 4天〇 3天〇 2天〇 1天〇

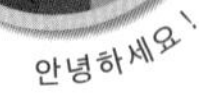

5·街·道·上

Track 9

中文	韓文	拼音	諧音
咖啡廳	카페	ka.pe	卡.片
便利商店	편의점	pyeo.ni.jeom	漂.妮.窮
百貨公司	백화점	bae.kwa.jeom	配.誇.窮
麵包店	빵집	ppang.jjip	邦.吉
餐廳	레스토랑	re.seu.to.rang	雷.司.土.郎
房地產公司	부동산	bu.dong.san	樸.同.傘
書店	서점	seo.jeom	首.窮
佛寺	절	jeol	仇
學校	학교	hak.ggyo	哈.叫
花店	꽃집	kkot.jjip	勾.吉
路邊攤子	포장마차	po.jang.ma.cha	普.張.滿.恰
美容院	미장원	mi.jang.won	米.張.旺
停車場	주차장	ju.cha.jang	阻.恰.張
銀行	은행	eun.haeng	問.狠

自己 Check 出發前：7天○ 6天○ 5天○ 4天○ 3天○ 2天○ 1天○

中文	發音	韓文	諧音
派出所	pa.chul.so	**파출소**	怕.糗.嫂
公共澡堂	mo.gyok.tang	**목욕탕**	某.共.堂
博物館	bang.mul.gwan	**박물관**	胖.母.狂
棒球場	ya.gu.jang	**야구장**	牙.姑.張
機場	gong.hang	**공항**	工.韓
橋	da.ri	**다리**	打.立
售票處	mae.pyo.so	**매표소**	每.票.嫂
醫院	byeong.won	**병원**	蘋.旺
美術館	mi.sul.gwan	**미술관**	米.輸.狂
公園	gong.won	**공원**	工.旺
車站	yeok	**역**	有苦
公車站	beo.seu.jeong.ryu.jang	**버스정류장**	波.司.窮.流.張
道路	do.ro	**도로**	吐.樓
小賣店	mae.jeom	**매점**	每.走

自己 Check 出發前：7天○　6天○　5天○　4天○　3天○　2天○　1天○

6·韓·國·景·點

漢字	拼音	韓文	諧音
東大門	dong.dae.mun	동대문	同．貼．悶
首爾	seo.ul	서울	首．爾
大丘	dae.gu	대구	貼．姑
濟州島	je.ju.do	제주도	借．阻．吐
仁川	in.cheon	인천	音．窮
水原	su.won	수원	樹．旺
扶餘	pu.yeo	부여	樸．有
南大門	nam.dae.mun	남대문	男．貼．悶
釜山	bu.san	부산	樸．傘
慶州	kyeong.ju	경주	慶恩．阻
江華島	kang.hwa.do	강화도	剛．化．吐
板門店	pan.mun.jeom	판문점	潘．悶．窮
公州	kong.ju	공주	工．阻
大田	dae.jeon	대전	貼．怎

自己 Check 出發前：7天○ 6天○ 5天○ 4天○ 3天○ 2天○ 1天○

安東
an.dong
안동
安.同

明洞
myeong.dong
명동
妙.同

仁寺洞
in.sa.dong
인사동
音.莎.同

梨泰院
i.tae.won
이태원
衣.貼.旺

狎鷗亭
ap.ggu.jeong
압구정
阿.姑.窮

昌德宮
chang.deok.kkung
창덕궁
常.德.宮

弘大
hong.dae
홍대
弘.爹

春川
chun.cheon
춘천
春.窮

鍾路
jong.ro
종로
窮.樓

大學路
tae.hang.ro
대학로
貼.韓.樓

汝矣島
yeo.i.do
여의도
有.衣.吐

景福宮
gyong.bok.kkung
경복궁
景.撲.共

宗廟
jong.myo
종묘
重.妙

三清洞
sam.cheong.dong
삼청동
三.清.同

7 • 形狀、大小、質量等

Track 11

中文	韓文	發音
大的	keu.da 크다	苦.打
小的	jak.dda 작다	假.打
長的	gil.da 길다	基兒.打
短的	jjalp.dda 짧다	恰兒.打
粗的	gulk.dda 굵다	苦.打
細的	ga.neul.da 가늘다	卡.努兒.打
厚的	du.kkeop.dda 두껍다	禿.狗.打
薄的	yalp.dda 얇다	牙.打
圓的	dung.geul.da 둥글다	同.股.打
四角形	ne.mo.na.da 네모나다	內.某.那.打
菱形	ma.reum.mo.kkol 마름모꼴	滿.樂母.某.狗兒
梯形	sa.da.ri.kkol 사다리꼴	莎.打.立.狗兒
正方形	jeong.sa.ga.kyeong 정사각형	窮.莎.卡.慶恩
長方形	jik.sa.ga.kyeong 직사각형	吉.莎.卡.慶恩

自己Check 出發前：7天○ 6天○ 5天○ 4天○ 3天○ 2天○ 1天○

中文	韓文	拼音	發音
橢圓形	타원형	ta.won.hyeong	他．旺．慶恩
愛心形	하트	ha.teu	哈．的
大型	대형	dae.hyeong	貼．慶恩
小型	소형	so.hyeong	嫂．慶恩
粗糙的	꺼칠꺼칠하다	kkeo.chil.kkeo.chil.ha.da	勾．妻兒．勾．妻兒．哈．打
細小的	잘다	jal.da	才．打
硬的	단단하다	dan.dan.ha.da	丹．丹．哈．打
柔軟的	부드럽다	bu.deu.reop.dda	樸．的．肉．打
沉重的	무겁다	mu.geop.dda	木．狗．打
輕的	가볍다	ga.byeop.dda	卡．並．打
尖銳的	날카롭다	nal.ka.rop.dda	那兒．卡．樓普．打
遲鈍的	무디다	mu.di.da	木．低．打
美麗的	아름답다	a.reum.dap.dda	阿．樂母．答．打
骯髒的	더럽다	deo.reop.dda	透．肉．打

自己 Check 出發前：7天〇 6天〇 5天〇 4天〇 3天〇 2天〇 1天〇

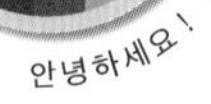

8・交・通・工・具

Track 12

中文	拼音	韓文	諧音
車子	cha	차	恰
汽車	ja.dong.cha	자동차	叉.同.恰
計程車	taek.si	택시	特.細
卡車	teu.reok	트럭	的.肉
機車	o.to.ba.i	오토바이	喔.土.爬.衣
巴士	beo.seu	버스	波.司
出租車子	ren.teu.ka	렌트카	連.的.卡
火車	gi.cha	기차	幾.恰
電車	jeon.cha	전차	怎.恰
地鐵	ji.ha.cheol	지하철	吉.哈.球
飛機	bi.haeng.gi	비행기	比.狠.幾
船	bae	배	配
渡輪	yu.ram.seon	유람선	友.郎.松
救護車	gu.geup.cha	구급차	姑.哭.恰

自己 Check 出發前：7天〇 6天〇 5天〇 4天〇 3天〇 2天〇 1天〇

消防車
so.bang.cha
소방차
嫂 . 胖 . 恰

車票，票
cha.pyo
차표
恰 . 票

剪票口
gae.chal.gu
개찰구
給 . 差 . 姑

紅綠燈
sin.ho.deung
신호등
心 . 呼 . 疼

高速公路
go.sok.ddo.ro
고속도로
姑 . 收 . 吐 . 樓

來回，往返
wang.bok
왕복
王 . 伯克

人行道
in.do
인도
音 . 吐

三輪車
sam.ryun.cha
삼륜차
山母 . 輪 . 恰

售票處
pyo.pa.neun.got
표 파는 곳
票 . 怕 . 嫩 . 姑特

交叉路口
gyo.cha.ro
교차로
叫 . 恰 . 樓

斑馬線
hoeng.dan.bo.do
횡단보도
灰 . 丹 . 普 . 吐

超速違規
gwa.sok
과속
瓜 . 收

駕駛，開車
un.jeon
운전
溫 . 怎

塞車
gyo.tong.jeong.che
교통정체
叫 . 痛 . 窮 . 且

自己 Check 出發前：7天○ 6天○ 5天○ 4天○ 3天○ 2天○ 1天○

9・1 數字－漢字詞

Track 13

數字	韓文	拼音	諧音
0	공,영	kong.young	工，用
一	일	il	憶兒
二	이	i	衣
三	삼	sam	山母
四	사	sa	莎
五	오	o	喔
六	육	yuk	育苦
七	칠	chil	妻兒
八	팔	pal	怕兒
九	구	ku	姑
十	십	sip	細
十一	십일	si.bil	細．比兒
十二	십이	si.bi	細．匹
二十	이십	i.sib	衣．細

自己Check 出發前：7天○ 6天○ 5天○ 4天○ 3天○ 2天○ 1天○

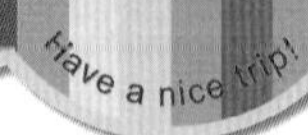

中文	拼音	韓文	諧音
三十	sam.sip	삼십	山母．細
百	paek	백	陪哭
千	cheon	천	窮
萬	man	만	滿
十萬	sim.man	십만	細．滿
百萬	paek.man	백만	陪哭．滿
千萬	cheon.man	천만	窮．滿
億	eok	억	歐
～圜（韓幣單位）	won	～원	旺

自己Check 出發前：7天〇 6天〇 5天〇 4天〇 3天〇 2天〇 1天〇

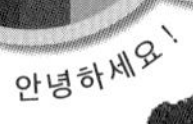

9 • 2 固有數字

固有數字：要說時間或計算幾個人、幾個、幾回、年齡等，要用韓語的固有數字。固有數字有 1 到 99 個，首先，先記住 1 到 10 吧！

數字	羅馬拼音	韓語	中文拼音
1	ha.na	하나	哈.娜
2	dul	둘	土
3	set	셋	色樸
4	net	넷	呢特
5	da.seot	다섯	打.手特
6	yeo.seot	여섯	有.手特
7	il.gop	일곱	憶兒.哥樸
8	yeo.deolp	여덟	有.嘟兒
9	a.hop	아홉	阿.候補
10	yeol	열	友兒
11	yeol.ha.na	열하나	友.哈.娜
12	yeol.dur	열둘	友.土
13	yeol.set	열셋	友.色樸

自己 Check 出發前：7天○ 6天○ 5天○ 4天○ 3天○ 2天○ 1天○

數字	羅馬拼音	韓文	發音
14	yeol.net	열넷	友.呢特
15	yeol.da.seot	열다섯	友.打.手特
16	yeor.ryeo.seot	열여섯	有.留.手特
17	yeor.ril.gob	열일곱	有.立兒.哥撲
18	yeor.ryeo.deol	열여덟	有.留.嘟兒
19	yeo.ra.hob	열아홉	有.郎.候補
20	seu.mul	스물	司.母
30	seo.reun	서른	首.輪恩
40	ma.heun	마흔	滿.恨
50	swin	쉰	遜
60	ye.sun	예순	也.順
70	il.heun	일흔	憶兒.恨
80	yeo.deun	여든	有.頓
90	a.heun	아흔	阿.恨

自己 Check 出發前：7天○ 6天○ 5天○ 4天○ 3天○ 2天○ 1天○

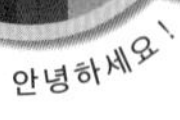

10 • 時間、月份、四季、星期

Track 14

中文	拼音	韓文	發音
1 點	han.si	한시	韓 . 細
2 點	tu.si	두시	凸 . 細
3 點	se.si	세시	水 . 細
4 點	ne.si	네시	內 . 細
5 點	ta.seot.si	다섯시	他 . 手 . 細
6 點	yeo.seot.si	여섯시	有 . 手 . 細
7 點	il.gop.si	일곱시	憶兒 . 勾 . 細
8 點	yeo.deol.si	여덟시	有 . 毒 . 細
9 點	a.hop.si	아홉시	阿 . 候 . 細
10 點	yeol.si	열시	友 . 細
11 點	yeor.han.si	열한시	有 . 汗 . 細
12 點	yeol.tu.si	열두시	友 . 凸 . 細
1 月	i.rwol	일월	衣 . 弱兒
2 月	i.wol	이월	衣 . 我兒

自己 Check 出發前：7 天○ 6 天○ 5 天○ 4 天○ 3 天○ 2 天○ 1 天○

	Romanization	Korean	注音
3月	sa.mwol	삼월	莎.我兒
4月	sa.wol	사월	莎.我兒
5月	o.wol	오월	喔.我兒
6月	yu.wol	유월	友.我兒
7月	chi.rwol	칠월	妻兒.我兒
8月	pa.rwol	팔월	怕.我兒
9月	ku.wol	구월	姑.我兒
10月	si.wol	시월	細.我兒
11月	si.bi.rwol	십일월	細.比.弱兒
12月	si.bi.wol	십이월	細.比.我兒
春	pom	봄	撥
夏	yeo.reum	여름	有.樂母
秋	ka.eul	가을	卡.無兒
冬	kyeo.ul	겨울	橋.爾

自己 Check 出發前：7天○ 6天○ 5天○ 4天○ 3天○ 2天○ 1天○

星期日	i.ryo.il **일요일**

衣．留．<u>憶兒</u>

星期一	wo.ryo.il **월요일**

我．留．<u>憶兒</u>

星期二	hwa.yo.il **화요일**

化．喲．<u>憶兒</u>

星期三	su.yo.il **수요일**

樹．喲．<u>憶兒</u>

星期四	mo.gyo.il **목요일**

某．叫．<u>憶兒</u>

星期五	keu.myo.il **금요일**

苦．妙．<u>憶兒</u>

星期六	to.yo.il **토요일**

土．喲．<u>憶兒</u>

旅行小記

自己 Check 出發前：7天○ 6天○ 5天○ 4天○ 3天○ 2天○ 1天○

11 • 親愛的家人

Track 15

中文	羅馬拼音	韓文	發音	
爺爺，祖父	ha.ra.beo.ji	할아버지	哈．郎．波．吉	
奶奶，祖母	hal.meo.ni	할머니	哈．末．你	
外公，外祖父	oe.ha.ra.beo.ji	외할아버지	威．哈．郎．波．吉	
外婆，外祖母	oe.hal.meo.ni	외할머니	威．哈．末．你	
父親	a.beo.ji	아버지	阿．波．吉	
爸爸	a.ppa	아빠	阿．爸	
母親	eo.meo.ni	어머니	喔．末．你	
媽媽	eom.ma	엄마	歐姆．嗎	
雙親	bu.mo.nim	부모님	樸．某．你母	
哥哥（弟弟稱呼）	hyeong	형	兄	
哥哥（妹妹稱呼）	o.ppa	오빠	歐．爸	
姊姊（弟弟稱呼）	nu.na	누나	努．娜	
姊姊（妹妹稱呼）	eon.ni	언니	恩．你	
弟弟	nam.dong.saeng	남동생	男．同．先	

自己 Check 出發前：7天◯ 6天◯ 5天◯ 4天◯ 3天◯ 2天◯ 1天◯

中文	拼音	韓文	發音
妹妹	yeo.dong.saeng	여동생	有.同.先
兄弟	hyeong.je	형제	兄.妹
姊妹	ja.mae	자매	叉.每
孫子	son.ja	손자	鬆.叉
孫女	son.nyeo	손녀	鬆.牛
伯父（爸爸的哥哥）	keu.na.beo.ji	큰아버지	苦.那.波.吉
叔父（爸爸的弟弟，未婚）	sam.chon	삼촌	山母.窮
伯母（爸爸的姊妹）	go.mo	고모	姑.某
舅舅（媽媽的兄弟）	oe.sam.chon	외삼촌	威.山母.窮
阿姨（媽媽的姊妹）	i.mo	이모	衣.某
公公	si.a.beo.ji	시아버지	細.阿.波.吉
婆婆	si.eo.meo.ni	시어머니	細.喔.末.你

12・身・體

中文	韓文	發音	諧音
身體	몸	mom	母
臉	얼굴	eol.gul	偶而.骨兒
脖子	목	mok	某
胸部	가슴	ga.seum	卡.師母
腰部	허리	heo.ri	後.立
手部	손	son	鬆
腳	다리	da.ri	打.立
頭	머리	meo.ri	末.立
喉嚨	목구멍	mok.gu.meong	某.姑.猛
肩膀	어깨	eo.kkae	喔.給
肚子	배	bae	配
胳膊	팔	pal	怕兒
手指	손가락	son.ga.rak	鬆.卡.拉
膝蓋	무릎	mu.reup	木.嚕樸

自己 Check 出發前：7天○ 6天○ 5天○ 4天○ 3天○ 2天○ 1天○

中文	拼音	韓文	發音
腳	bal	발	怕
屁股	eong.deong.i	엉덩이	翁.懂.衣
額頭	i.ma	이마	衣.滿
臉頰	bol	볼	波
眼睛	nun	눈	奴恩
鼻子	ko	코	科
耳朵	gwi	귀	桂
嘴巴	ip	입	衣樸
牙齒	i	이	衣
舌頭	hyeo	혀	喝有
嘴唇	ip.sul	입술	衣樸.輸
眉毛	nun.sseop	눈썹	奴恩.手
頭髮	meo.ri.ka.rak	머리카락	末.立.卡.拉
肚臍	bae.kkop	배꼽	配.勾布

自己 Check 出發前：7天◯ 6天◯ 5天◯ 4天◯ 3天◯ 2天◯ 1天◯

旅行小記

8
旅遊人氣
寒暄語及會話

寒暄語

1 · 一開口就要受歡迎

Track 17

早！

an nyeong

☐ **안녕！**

安．牛恩．

早安！

an nyeong ha se yo

☐ **안녕하세요．**

安．牛恩．哈．塞．喲．

你好！

an nyeong ha se yo

☐ **안녕하세요．**

安．牛恩．哈．塞．喲．

晚安！

jar ja yo

☐ **잘 자요．**

彩兒．叉．喲．

晚安！

an nyeong hi ju mu se yo

☐ **안녕히 주무세요．**

安．牛恩．衣．阻．木．塞．喲．

自己 Check 出發前：7天○ 6天○ 5天○ 4天○ 3天○ 2天○ 1天○

안녕하세요 !

請好好休息！

pyeon hi swi se yo

☐ **편히 쉬세요 .**

騙 . 你 . 書 . 塞 . 喲 .

好久不見了。

o raen ma ni e yo

☐ **오랜만이에요 .**

喔 . 蓮 . 滿 . 妮 . 也 . 喲 .

您好嗎？

jar ji nae se yo

☐ **잘 지내세요 ?**

彩兒 . 奇 . 內 . 塞 . 喲 .

再見！（對留下的人說）

an nyeong hi ga se yo

☐ **안녕히 가세요 .**

安 . 牛恩 . 衣 . 卡 . 塞 . 喲 .

再見！（對離去的人說）

an nyeong hi ge se yo

☐ **안녕히 계세요 .**

安 . 牛恩 . 衣 . 給 . 塞 . 喲 .

自己 Check 出發前： 7天○ 6天○ 5天○ 4天○ 3天○ 2天○ 1天○

寒暄語

2・謝謝，不好意思啦

Track 18

謝謝！

go ma wo yo

☐ **고마워요 .**

姑 . 馬 . 我 . 喲 .

感謝各方的協助。

yeo reo ga ji ro go ma wo yo

☐ **여러 가지로 고마워요 .**

喲 . 漏 . 卡 . 奇 . 樓 . 姑 . 馬 . 我 . 喲 .

承蒙關照了。

sil le ma na seum ni da

☐ **실례 많았습니다 .**

吸 . 淚 . 馬 . 那 . 師母 . 妮 . 打 .

您辛苦了。

su go ha syeo sseo yo

☐ **수고하셨어요 .**

樹 . 姑 . 哈 . 羞 . 手 . 喲 .

不客氣。

cheon ma ne yo

☐ **천만에요 .**

寵 . 馬 . 內 . 喲 .

自己 Check 出發前：7天〇 6天〇 5天〇 4天〇 3天〇 2天〇 1天〇

對不起。	mi an hae yo ☐ **미안해요.** 米.阿.內.喲.
非常抱歉。	joe song ham ni da ☐ **죄송합니다.** 吹.鬆.哈母.妮.打.
請原諒我。	yong seo hae ju se yo ☐ **용서해 주세요.** 永.瘦.黑.阻.塞.喲.
我遲到了，對不起。	neu jeo seo mi an ham ni da ☐ **늦어서 미안합니다.** 奴.酒.瘦.米.安.哈.妮.打.
沒關係的。	gwaen cha na yo ☐ **괜찮아요.** 跪.擦.娜.喲.

自己 Check 出發前：7天○ 6天○ 5天○ 4天○ 3天○ 2天○ 1天○

寒暄語

3 自我介紹一下

Track 19

初次見面，你好。	cheo eum boep gge seum ni da ☐ **처음 뵙겠습니다.** 抽.恩.陪.給.師母.你.打.
我叫金龍範。	gim yong beo mi ra go ham ni da ☐ **김(金)용(龍)범(範)이라고 합니다.** 金母.龍.破.米.拉.姑.哈母.妮.打.
我來自台灣。	dae ma ne seo wa sseo yo ☐ **대만에서 왔어요.** 貼.馬.內.瘦.娃.手.喲.
請多指教。	jar bu ta kam ni da ☐ **잘 부탁합니다.** 彩兒.樸.他.看.妮.打.
彼此彼此，才要請您多多指教。	jeo ya mal lo jar bu tak ddeu rim ni da ☐ **저야말로 잘 부탁드립니다.** 走.呀.罵.樓.彩兒.樸.他.的.力母.尼.打.

自己 Check 出發前：7天○ 6天○ 5天○ 4天○ 3天○ 2天○ 1天○

我停留一星期，來觀光的。

il ju ir dong an gwan gwang ha reo wa sseo yo

☐ **일주일 동안, 관광하러 왔어요.**

憶兒.阻.憶兒.同.安,狂.光.哈.樓.娃.手.喲.

我來學韓語的。

han gu geo reur gong bu ha reo wa sseo yo

☐ **한국어를 공부하러 왔어요.**

韓.姑.勾.魯.工.樸.哈.樓.娃.手.喲.

我是大學生。

dae hak saeng i e yo

☐ **대학생이에요.**

貼.哈.先.伊.愛.喲.

我 25 歲。

jeo neun sue mul da seot sa ri ye yo

☐ **저는 25 살이예요.**

走.嫩.思.母兒.它.搜.沙.里.也.喲.

我的興趣是旅行。

chwi mi neun yeo haeng i e yo

☐ **취미는 여행이에요.**

娶.米.嫩.喲.狠.伊.愛.喲.

自己 Check 出發前：7天○ 6天○ 5天○ 4天○ 3天○ 2天○ 1天○

寒暄語

4・天啊！太愛韓國啦

Track 20

喜歡！

jo a hae yo

☐ **좋아해요 .**

秋 . 阿 . 黑 . 喲 .

討厭！

si reo yo

☐ **싫어요 .**

細 . 樓 . 喲 .

心情太好啦！

gi bun jo a yo

☐ **기분 좋아요 !**

氣 . 氛 . 秋 . 阿 . 喲 .

好幸福喔！

haeng bo kae yo

☐ **행복해요 .**

狠 . 伯 . 給 . 喲 .

太叫人生氣啦！

hwa ga na sseo yo

☐ **화가 났어요 .**

化 . 卡 . 娜 . 手 . 喲 .

自己 Check 出發前：7天○　6天○　5天○　4天○　3天○　2天○　1天○

真快樂！

jeul geo wo yo

☐ 즐거워요.

處兒.科.我.喲.

真悲哀！

seul peo yo

☐ 슬퍼요.

思.波.喲.

真有趣！

jae mi in ne yo

☐ 재미있네요.

切.米.乙.內.喲.

萬歲！

man se

☐ 만세!

滿.塞.

真好笑！

ut ggin da ut ggyeo

☐ 웃긴다! 웃겨!

屋.幾恩.打.屋.橋.

自己 Check　出發前：7天◯　6天◯　5天◯　4天◯　3天◯　2天◯　1天◯

超喜歡的！

neo mu jo a yo

☐ **너무 좋아요！**

弄．木．秋．阿．喲．

我愛你！

sa rang hae yo

☐ **사랑해요！**

莎．郎．黑．喲．

加油！

him nae

☐ **힘내！**

嬉母．內．

加油！

hwa i ting

☐ **화이팅．**

化．衣．停．

請加油喔！

him nae se yo

☐ **힘내세요．**

嬉母．內．塞．喲．

自己 Check 出發前：7天○ 6天○ 5天○ 4天○ 3天○ 2天○ 1天○

我永遠挺你。

hang sang eung won ha go i sseo yo

☐ **항상 응원하고 있어요.**

航.商.嗯.旺.哈.姑.衣.手.喲.

一定會順利的。

ban deu si jar doel geo ye yo

☐ **반드시 잘 될거예요.**

胖.的.細.彩兒.腿.姑.也.喲.

太棒啦！

choe go ye yo

☐ **최고예요!**

吹.姑.也.喲.

我是你的粉絲！

doe ge pae ni e yo

☐ **되게 팬이에요.**

腿.給.配.妮.也.喲.

超可愛的。

gwi yeo wo yo

☐ **귀여워요!**

桂.喲.我.喲.

自己 Check 出發前：7天○ 6天○ 5天○ 4天○ 3天○ 2天○ 1天○

韓語會話

1・在餐飲店使用的韓語 1

Track 21

我想點菜。

ju mun hal kke yo

주문 할께요 .

阻．悶．哈兒．給．喲．

給我看菜單。

me nyu reur bo yeo ju se yo

메뉴를 보여 주세요 .

梅．牛．魯．普．喲．阻．誰．喲．

有什麼推薦的？

jal ha neun ge mwo jo

잘하는 게 뭐죠 ?

洽．拉．能．給．某．酒．

我想吃道地的烤肉跟泡菜。

jeon tong je gin bul go gi wa gim chi reur meok ggo si peo yo

전통적인 불고기와 김치를 먹고 싶어요 .

怎．痛．姊．金．普．夠．幾．娃．金母．氣．路．摸．夠．細．波．喲．

什麼好吃？

mwo ga ma si sseo yo

뭐가 맛있어요 ?

某．卡．馬．西．手．喲．

給我這個。

i geol lo ju se yo

이걸로 주세요 .

衣．勾．樓．阻．誰．喲．

自己 Check 出發前： 7天○ 6天○ 5天○ 4天○ 3天○ 2天○ 1天○

給我跟那個一樣的東西。

jeo geot gwa ga teun geol lo ju se yo

저것과 같은 걸로 주세요 .

走 . 勾 . 瓜 . 哥 . 吞 . 狗 . 樓 . 阻 . 誰 . 喲 .

韓國烤肉三人份。

bul go gi sa min bun ju se yo

불고기 3 인분 주세요 .

普 . 夠 . 幾 . 莎 . 敏 . 噴 . 阻 . 誰 . 喲 .

我不要太辣。

deor maep gge hae ju se yo

덜 맵게 해주세요 .

嘟 . 梅 . 給 . 黑 . 阻 . 誰 . 喲 .

您咖啡要什麼時候用呢？

keo pi neun eon je deu si ge sseo yo

커피는 언제 드시겠어요 ?

口 . 匹 . 能 . 恩 . 姊 . 毒 . 細 . 給 . 手 . 喲 .

麻煩餐前（餐後）幫我送上。

sik sa jeo ne (sik sa hu e) ju se yo

식사전에 (식사후에) 주세요 .

西哥 . 沙 . 怎 . 內 .（西哥 . 沙 . 呼 . 也 .）阻 . 誰 . 喲 .

幫我做好吃一點。

ma si gge he ju se yo

맛있게 해 주세요 .

馬 . 西 . 給 . 黑 . 阻 . 誰 . 喲 .

自己 Check 出發前：7 天〇 6 天〇 5 天〇 4 天〇 3 天〇 2 天〇 1 天〇

韓語會話

2 · 在餐飲店使用的韓語 2

Track 22

給我筷子。

jeot gga ra geur ju se yo

젓가락을 주세요 .

走特 . 卡 . 拉 . 古兒 . 阻 . 誰 . 喲 .

給我一套筷子湯匙組。

jeot gga ra ka go su jeo ju se yo

젓가락하고 수저 주세요 .

走特 . 卡 . 拉 . 卡 . 夠 . 樹 . 走 . 阻 . 誰 . 喲 .

這要怎麼吃呢？

i geo neo tteo ke meo geo yo

이건 어떻게 먹어요 ?

衣 . 滾 . 喔 . 豆 . 客 . 末 . 勾 . 喲 .

這樣吃。

i reo ke meo geo yo

이렇게 먹어요 .

衣 . 樓 . 客 . 末 . 勾 . 喲 .

開動啦！

jar meok gget seum ni da

잘 먹겠습니다 .

彩兒 . 摸 . 給 . 師母 . 妮 . 打 .

好吃！

ma si sseo yo

맛있어요 .

馬 . 西 . 手 . 喲 .

自己 Check 出發前：7 天○ 6 天○ 5 天○ 4 天○ 3 天○ 2 天○ 1 天○

很辣。

mae wo yo

매워요.

每．我．喲．

再來一碗。

deo ju se yo

더 주세요.

朵．阻．誰．喲．

給我兩瓶啤酒。

maek jju du byeong ju se yo

맥주 두 병주세요.

妹．阻．讀．蘋．阻．誰．喲．

菜幫我適當配一下。

geu nyang a ra seo jeok ddang hi ju se yo

그냥 알아서 적당히 주세요.

哭．娘．阿．拉．瘦．秋．當．衣．阻．誰．喲．

這個最棒！

i ge choe go ye yo

이게 최고예요!

衣．給．吹．勾．也．喲．

我沒有點這個。

i geon an si kyeo sseo yo

이건 안 시켰어요.

衣．滾．安．細．苛．手．喲．

自己 Check　出發前：7天○　6天○　5天○　4天○　3天○　2天○　1天○

韓語會話

3・購物使用的韓語 1

Track 23

您要找什麼呢？

mwo cha jeu se yo

뭐 찾으세요？

某．擦．之．誰．喲．

這要多少錢？

i geo eol ma ye yo

이거 얼마예요？

衣．勾．偶而．馬．也．喲．

這是什麼？

i geo mwo ye yo

이거 뭐예요？

衣．勾．某．也．喲．

給我看那個。

jeo geot jjom bo yeo ju se yo

저것 좀 보여 주세요．

走．勾．從．普．喲．阻．誰．喲．

我只是看看而已。

geu nyang jom bol lyeo gu yo

그냥 좀 볼려구요．

哭．娘．從．波．溜．姑．喲．

自己Check 出發前：7天〇　6天〇　5天〇　4天〇　3天〇　2天〇　1天〇

8

我在找這種產品。

i sang pu meur chat ggo in neun de yo

이 상품을 찾고 있는데요 .

衣 . 商 . 噴 . 門兒 . 姑 . 夠 . 音 . 嫩 . 爹 . 喲 .

BB 霜在哪裡？

BB keu ri meun eo di i sseo yo

bb 크림은 어디 있어요 ?

逼 . 逼 . 苦 . 力 . 悶 . 喔 . 低 . 衣 . 手 . 喲 .

哪個賣得最好？

eo tteon ge in ggi in na yo

어떤게 인기 있나요 ?

喔 . 通 . 給 . 音 . 幾 . 音 . 那 . 喲 .

我要五條口紅。

rip seu tig da seot ggae ju se yo

립스틱 다섯 개 주세요 .

力普 . 司 . 爹 . 打 . 手 . 給 . 阻 . 誰 . 喲 .

試用品要多給我一點喔！

saem peu reur ma ni ju se yo

샘플을 많이 주세요 .

現 . 普 . 魯 . 罵 . 你 . 阻 . 誰 . 喲 .

自己 Check 出發前：7天○ 6天○ 5天○ 4天○ 3天○ 2天○ 1天○

韓語會話

4・購物使用的韓語 2

Track 24

多少錢呢？

eol ma ye yo

얼마예요 ?

偶而 . 馬 . 也 . 喲 .

這太貴了。

i geon neo mu bi ssa yo

이건 너무 비싸요 .

衣 . 滾 . 弄 . 木 . 皮 . 沙 . 喲 .

算便宜一點啦！

ssa ge hae ju se yo

싸게 해 주세요 .

殺 . 給 . 黑 . 阻 . 誰 . 喲 .

我買這個。

i geo sal kke yo

이거 살께요 .

衣 . 勾 . 沙兒 . 給 . 喲 .

給我這兩個跟那一個。

i geo du gae ha go jeo geo ha na ju se yo

이거 두개하고 저거 하나 주세요 .

衣 . 勾 . 讀 . 給 . 哈 . 姑 . 走 . 科 . 哈 . 娜 . 阻 . 誰 . 喲 .

麻煩算帳。

gye san hae ju se yo

계산해 주세요 .

給 . 傘 . 黑 . 阻 . 誰 . 喲 .

自己 Check 出發前：7天○ 6天○ 5天○ 4天○ 3天○ 2天○ 1天○

32600 圜。

sam ma ni chen yuk bbae gwo nim ni da

삼만이천육백 원입니다 .

三 . 滿 . 易 . 餐 . 育苦 . 倍 . 鍋 . 伊 . 你 . 打 .

找您 7400 圜。

geo seu reum ddon chil chen sa bae gwon im ni da

거스름돈 7,400 원입니다 .

科 . 司 . 樂母 . 洞 . 七 . 餐 . 沙 . 倍 . 光 . 因 . 你 . 打 .

您付現還是刷卡？

hyeon geu meu ro ji bul ha sir geo ye yo? a ni myeon ka deu se yo

현금으로 지불하실 거예요 ?아니면 카드세요 ?

玄 . 古 . 木 . 樓 . 奇 . 普 . 哈 . 吸 . 哥 . 也 . 喲 . 阿 . 尼 . 免 . 卡 . 的 . 誰 . 喲 .

可以刷卡嗎？

ka deu ro gye san har su i sseo yo

카드로 계산할 수 있어요 ?

卡 . 的 . 樓 . 給 . 三 . 哈兒 . 樹 . 衣 . 手 . 喲 .

請這裡簽名。

yeo gi e seo myeong hae ju se yo

여기에 서명해 주세요 .

有 . 幾 . 耶 . 瘦 . 妙 . 黑 . 阻 . 誰 . 喲 .

給我收據。

yeong su jeung ju se yo

영수증 주세요 .

用 . 樹 . 真 . 阻 . 誰 . 喲 .

自己 Check 出發前：7 天○ 6 天○ 5 天○ 4 天○ 3 天○ 2 天○ 1 天○

韓語會話

5 · 觀光使用的韓語 1

Track 25

觀光服務台在哪裡？

gwan gwang an nae so neun eo di ye yo

관광 안내소는 어디예요？

光．狂．安．內．嫂．嫩．

我想要報名觀光團。

tu eo reur sin cheong ha go si peun de yo

투어를 신청하고 싶은데요．

凸．喔．路．心．窮．哈．夠．細．噴．爹．喲．

給我觀光指南冊子。

gwan gwang an nae chek jja jom ju se yo

관광안내책자 좀 주세요．

光．狂．安．內．切．叉．從．阻．誰．喲．

哪裡好玩呢？

eo di ga jo a yo

어디가 좋아요？

喔．低．卡．秋．阿．喲．

我想遊覽古蹟。

yu jeg jji reur do ra bo go si peo yo

유적지를 돌아보고 싶어요．

友．走客．吉．路．都．拉．普．夠．細．波．喲．

請告訴我哪裡有當地的料理餐廳。

hyang to eum sik jjeo meur ga reu chyeo ju se yo

향토 음식점을 가르쳐 주세요．

香．偷．恩．西．求．母．卡．漏．臭．阻．誰．喲．

自己 Check 出發前：7天○ 6天○ 5天○ 4天○ 3天○ 2天○ 1天○

費用要多少？

yo geu meun eol ma ye yo

요금은 얼마예요？

喲．古．悶．偶而．馬．也．喲．

觀光費用有含午餐嗎？

jeom si meun gwan gwang yo geu me po ham dwae i sseo yo

점심은 관광요금에 포함돼 있어요？

窮．細．悶．光．狂．喲．滾．也．普．哈母．腿．衣．手．喲．

幾點出發？

chul ba reun myeot si ye yo

출발은 몇시예요？

糗．拔．論．妙．細．也．喲．

幾點回來？

myeot si e do ra wa yo

몇시에 돌아와요？

免．細．愛．土．拉．娃．喲．

麻煩大人兩個。

eo reun dur bu ta kae yo

어른 둘 부탁해요．

喔．輪．土．樸．他．給．喲．

我想請導遊。

ga i deu ga pi ryo han de yo

가이드가 필요한데요．

卡．衣．的．卡．筆．六．韓．爹．喲．

自己Check 出發前：7天○ 6天○ 5天○ 4天○ 3天○ 2天○ 1天○

韓語會話

6・觀光使用的韓語 2

Track 26

那是什麼建築物？

jeo geon mu reun mwo ye yo

저 건물은 뭐예요？

走．幹．木．論．某．也．喲．

有多古老？

eo neu jeong do o rae dwae sseo yo

어느 정도 오래됐어요？

喔．呢．窮．土．喔．雷．堆．手．喲．

那個服裝是韓服。

jeo o seun han bo gi e yo

저 옷은 한복이에요．

走．喔．孫．韓．伯．幾．也．喲．

我也很想穿穿看。

jeo do i beo bo go si peo yo

저도 입어보고 싶어요．

走．土．衣樸．姑．西．波．喲．

幾點開放呢？

myeot si e mun yeo reo yo

몇시에 문 열어요？

妙．細．也．悶．有．樓．喲．

景色真美！

gyeong chi ga meot jjeo yo

경치가 멋져요！

宮．氣．卡．莫．酒．喲．

自己 Check 出發前：7天○ 6天○ 5天○ 4天○ 3天○ 2天○ 1天○

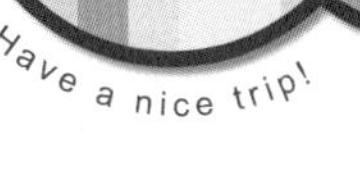

可以拍照嗎？

sa jin jji geo do dwae yo

사진 찍어도 돼요 ?

莎．親．飢．勾．土．腿．喲．

可否請您幫我拍照？

sa jin jom jji geo ju si ge sseo yo

사진 좀 찍어 주시겠어요 ?

莎．親．從．飢．勾．阻．細．給．手．喲．

按這裡就可以了。

yeo gi nu reu myeon dwae yo

여기 누르면 돼요 .

由．幾．努．漏．免．腿．喲．

請不要動喔！

um ji gi ji ma se yo

움직이지 마세요 .

雲．飢．幾．奇．馬．誰．喲．

嗨！起士！

ja chi jeu

자 , 치즈 !

叉，氣．子．

麻煩再拍一張。

han jang deo bu ta kae yo

한장 더 부탁해요 .

韓．張．透．樸．他．給．喲．

自己 Check 出發前：7天○ 6天○ 5天○ 4天○ 3天○ 2天○ 1天○

韓語會話

7・按摩、護膚使用的韓語

Track 27

給我看一下價目表。

me nyu jom bo yeo ju se yo

메뉴 좀 보여 주세요 .

梅 . 牛 . 從 . 普 . 喲 . 阻 . 誰 . 喲 .

麻煩我要做預約的基本護膚。

ye ya kan ko seu ro bu ta kam ni da

예약한 코스로 부탁합니다 .

也 . 牙 . 刊 . 庫 . 思 . 樓 . 樸 . 他 . 看 . 妮 . 打 .

我沒有預約，可以嗎？

ye ya geur mo taen neun de gwaen cha na yo

예약을 못했는데 괜찮아요 ?

也 . 牙 . 古兒 . 母 . 爹 . 嫩 . 爹 . 跪 . 恰 . 那 . 喲 .

要等很久嗎？

ma ni gi da ryeo ya dwae yo

많이 기다려야 돼요 ?

馬 . 妮 . 幾 . 打 . 留 . 牙 . 腿 . 喲 .

全身按摩要多少錢？

jeon sin ma sa ji eol ma ye yo

전신 마사지 얼마예요 ?

怎 . 心 . 馬 . 莎 . 奇 . 偶而 . 馬 . 也 . 喲 .

我皮膚比較敏感。

pi bu ga min gam hae yo

피부가 민감해요 .

匹 . 樸 . 卡 . 敏 . 卡母 . 黑 . 喲 .

自己 Check 出發前： 7 天◯ 6 天◯ 5 天◯ 4 天◯ 3 天◯ 2 天◯ 1 天◯

請躺下來。

nu u se yo

누우세요 .

努 . 屋 . 誰 . 喲 .

請用趴的。

eop ddeu ri se yo

엎드리세요 .

喔 . 的 . 里 . 誰 . 喲 .

很痛。

a pa yo

아파요 .

阿 . 怕 . 喲 .

有一點痛。

jom a pa yo

좀 아파요 .

從 . 阿 . 怕 . 喲

請小力一點。

deo ya ka ge hae ju se yo

더 약하게 해 주세요 .

透 . 牙 . 卡 . 給 . 黑 . 阻 . 誰 . 喲 .

很舒服。

si won hae yo

시원해요 .

細 . 旺 . 黑 . 喲 .

自己Check 出發前：7天○ 6天○ 5天○ 4天○ 3天○ 2天○ 1天○

旅行小記

9 基本句型

1 · 是＋〇〇。

Track 28

名詞＋예요.／名詞（이）＋에요.

(ye yo / i / e yo)

(也喲 / 衣 / 愛喲)

註：名詞（母音收尾）＋예요.／名詞（子音收尾＋이）＋에요.

實用例句

是母親。

eo meo ni ye yo

 어머니예요.

喔.末.尼.也.喲.

是醫生。

ui sa ye yo

☑ 의사예요.

烏衣.莎.也.喲.

替換單字

電話	歌手	家庭主婦	老師
jeon hwa	ga su	ju bu	seon saeng ni mi
전화	가수	주부	선생님이
怎.化.	卡.樹.	阻.樸.	松.先.你.米.

金美景	首爾	學生	台灣人
gim mi gyong i	seo u ri	hak saeng i	dae ma ni ni
김 미경이	서울이	학생이	대만인이
金母.米.宮.衣.	瘦.無.立.	哈.先.衣.	貼.滿.寧.你.

自己 Check 出發前：7天〇 6天〇 5天〇 4天〇 3天〇 2天〇 1天〇

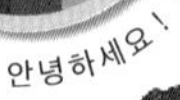

2 不是＋○○

ga i a ni e yo
名詞（가／이）＋아니에요.
卡 衣 阿妮也喲

註：名詞（母音收尾＋가）＋아니에요.／名詞（子音收尾＋이）＋아니에요。「가/이」是主格助詞，表示名詞是句子的主詞。

實用例句

不是泡菜。

gim chi ga a ni e yo
김치가 아니에요.
金母.氣.卡.阿.妮.也.喲.

不是家庭主婦。

ju bu ga a ni e yo
주부가 아니에요.
阻.樸.卡.阿.妮.也.喲.

替換單字

演員	人參茶	書	學生
bae u ga	in sam cha ga	chae gi	hak saeng i
배우가	**인삼차가**	**책이**	**학생이**
配.無.卡.	音.山母.恰.卡.	切.幾.	哈.先.衣.

韓國人	上班族	酒	桌子
han guk sa ra mi	hoe sa wo ni	su ri	chaek sang i
한국사람이	**회사원이**	**술이**	**책상이**
韓.哭.莎.拉.米.	會.莎.我.妮.	樹.里.	妾可.商.衣.

自己Check 出發前：7天○ 6天○ 5天○ 4天○ 3天○ 2天○ 1天○

3 · 很+〇〇。

Track 29

形容詞（아／어／네）+요.

(a / eo / ne + yo；阿／喔／內＋喲)

註：「아요 / 어요」是非正式但客氣的平述句語尾。語幹以陽母音收尾的後接「아」；以陰母音收尾的後接「어」，然後再接「요」就可以了。

實用例句

很高興。

gi ppeo yo

☐ **기뻐요.**

幾．撥．喲．

很寂寞。

oe ro wo yo

☐ **외로워요.**

威．樓．我．喲．

替換單字

快樂	辣	遙遠
jeul geo wo	mae wo	meo ne
즐거워	**매워**	**머네**
茄兒．科．我．	每．我．	末．內．

有趣	好	甜
jae mi in ne	jo a	da ra
재미있네	**좋아**	**달아**
切．米．乙．內．	秋．阿．	打．拉．

自己 Check 出發前：7天〇 6天〇 5天〇 4天〇 3天〇 2天〇 1天〇

4・○○+很（真）+○○・

名詞（가／이）+形容詞（아／어／네）+요.

ka i / a eo ne yo

卡 衣 / 阿 喔 內 喲

實用例句

皮膚真好。

pi bu ga jon ne yo

☑ **피부가 좋네요.**

匹.樸.卡.秋.內.喲.

泡菜很辣。

gim chi ga mae wo yo

☑ **김치가 매워요.**

金母.七.卡.每.我.喲.

替換單字

果汁／甜	電影／有趣	味道／淡
ju seu ga/da ra	yeong hwa ga / jae mi i sseo	ma si / sing geo wo
주스가／달아	**영화가／재미있어**	**맛이／싱거워**
阻.司.卡.／打.拉.	用.化.卡.／切.米.乙.手.	馬.西.／醒.科.我.

旅行／快樂	心情／好	心情／差
yeo haeng i/jeul geo wo	gi bu ni/jo a	gi bu ni/na ppa
여행이／즐거워	**기분이／좋아**	**기분이／나빠**
喲.狠.泥.／仇.溝.我.	幾.布.妮.／秋.阿.	幾.布.妮.／娜.爸.

自己 Check 出發前：7天○ 6天○ 5天○ 4天○ 3天○ 2天○ 1天○

5・○○＋是什麼呢？

Track 30

mwo ye yo

名詞＋뭐예요？

某 也 喲

註：為了強調主詞，會用「가 / 이」助詞（母音收尾＋가；子音收尾＋이）。

實用例句

這是什麼？

i ge mwo ye yo

이게 뭐예요？

衣．給．某．也．喲．

這是什麼？

i geo mwo ye yo

이거 뭐예요？

衣．勾．孫．某．也．喲．

替換單字

那	興趣	夢想	特殊才藝
geu geon	chwi mi ga	kku mi	teuk ggi ga
그건	취미가	꿈이	특기가
哭．公．	娶．米．卡．	姑．米．	特．幾．卡．

早餐	工作	職業	姓名
a chim bba bi	i ri	ji geo bi	i reu mi
아침 밥이	일이	직업이	이름이
阿．七母．爬．比．	憶．里．	吉．勾．比．	衣．輪．米．

自己 Check 出發前：7天○ 6天○ 5天○ 4天○ 3天○ 2天○ 1天○

6・有＋〇〇。

i sseo yo
名詞＋있어요.
衣 手 喲

實用例句

有房間。

bang i sseo yo
방 있어요.
胖.衣.手.喲.

有直達車。

ji kaeng beo seu i sseo yo
직행버스 있어요.
幾.肯.波.司.衣.手.喲.

座位	小狗	朋友
ja ri	gang a ji ga	chin gu ga
자리	**강아지가**	**친구가**
叉.里.	康.阿.吉.卡.	親.姑.卡.

休息時間	免稅店	發燒
hyu ge si ga ni	myeon se jeo mi	yeo ri
휴게시간이	**면세점이**	**열이**
休.給.細.卡.妮.	妙.塞.走.米.	有.理.

自己Check 出發前：7天〇 6天〇 5天〇 4天〇 3天〇 2天〇 1天〇

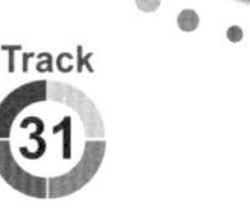

7・沒有＋○○。

Track 31

eop seo yo
名詞＋없 어요 .
歐不 瘦 喲

實用例句

沒有情人。

yeo nin eop seo yo
□ 연인 없어요 .
有 . 您 . 歐不 . 瘦 . 喲 .

沒有車票。

ti ke si eop seo yo
□ 티켓이 없어요 .
提 . 客 . 細 . 歐不 . 瘦 . 喲 .

替換單字

護照	食慾	衛生紙
yeo gwo ni	si gyo gi	hyu ji ga
여권이	식욕이	휴지가
有 . 郭 . 妮 .	細 . 叫 . 幾 .	休 . 吉 . 卡 .
店員	**自由活動時間**	**什麼人（都）**
jeo mwo ni	ja yu si ga ni	a mu do
점원이	자유시간이	아무도
窮 . 我 . 妮 .	叉 . 友 . 細 . 哥 . 妮 .	阿 . 木 . 土 .

自己 Check　出發前：7天○　6天○　5天○　4天○　3天○　2天○　1天○

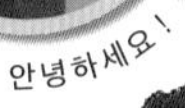

8 · 麻煩（我要）＋○○。

pu ta kam ni da　pu ta kea yo

名詞＋부탁합니다.(부탁해요)

樸 他 看 你 打　（樸 他 給 喲）

實用例句

麻煩我要換錢。

hwan jeon bu ta kae yo

☐ **환전 부탁해요.**

換.怎.樸.他.給.喲.

麻煩我要點菜。

ju mun bu ta kae yo

☐ **주문 부탁해요.**

阻.悶.樸.他.給.喲.

替換單字

啤酒	韓式套餐兩人份	再一張
maek jju reur	han jeong si gi in bun	han jang deo
맥주를	**한정식 2 인분**	**한장 더**
妹.阻.嚕.	韓.窮.西哥.伊.音.	韓.張.透.
316 號房	大人兩人	叫醒服務
sa mir yu ko sil	eo reun dur	mo ning kor
삼일육호실	**어른 둘**	**모닝콜**
沙.米兒.育.苦.吸.	喔.輪恩.土.	某.令.口爾.

自己 Check　出發前：7天○　6天○　5天○　4天○　3天○　2天○　1天○

9 · 可以＋○○＋嗎？

Track 32

do dwae yo
名詞＋動詞도＋돼요？
土 腿 喲

實用例句

可以坐這裡嗎？

yeo gi an ja do dwae yo
☐ **여기 앉아도 돼요？**
有．幾．安．叉．土．腿．喲．

可以拍照嗎？

sa jin jji geo do dwae yo
☐ **사진 찍어도 돼요？**
莎．親．幾．勾．土．腿．喲．

替換單字

門／打開 mun / yeo reo do **문／열어도** 悶．／有．樓．土．	這個／吃 i geo / meo geo do **이거／먹어도** 衣．勾．／末．勾．土．	明天／打電話 nae ir / jeon hwa he do **내일／전화해도** 內．憶兒．／怎．化．黑．土．
這個／退貨 i geo / ban pum hae do **이거／반품해도** 衣．口．／胖．碰．黑．土．	煙／抽 dam bae / pi wo do **담배／피워도** 談．配．／匹．我．土．	酒／喝 su reur / ma syeo do **술을／마셔도** 樹．路．／馬．瘦．土．

自己 Check 出發前：7天○ 6天○ 5天○ 4天○ 3天○ 2天○ 1天○

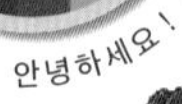

10 · ○○＋在哪裡？

名詞＋어디예요？

eo di ye yo

喔 低 也 喲

實用例句

出口在哪裡？

chul gu ga eo di ye yo

출구가 어디예요？

糗．姑．卡．喔．低．也．喲．

國內線在哪裡？

gung nae seon eo di ye yo

국내선 어디예요？

哭．內．三．喔．低．也．喲．

替換單字

公車站	兌換處	觀光諮詢服務台
beo seu ta neun go seun	hwan jeon so neun	gwan gwang an nae so neun
버스 타는 곳은	**환전소는**	**관광안내소는**
波．司．她．嫩．夠．孫．	換．怎．嫂．嫩．	狂．光．安．內．嫂．嫩．

藥局	廁所	地鐵車站
yak ggu geun	hwa jang si ri	ji ha cheor yeo gi
약국은	**화장실이**	**지하철역이**
牙．姑．滾．	化．張．細．里．	奇．哈．球．有．幾．

自己 Check 出發前：7天○　6天○　5天○　4天○　3天○　2天○　1天○

11 · 給我＋〇〇。

Track 33

名詞＋주세요.

ju se yo
阻 塞 喲

實用例句

給我這個。

i geo ju se yo

☑ **이거 주세요.**

衣.科.阻.誰.喲.

給我菜單。

me nyu ju se yo

☑ **메뉴 주세요.**

梅.牛.阻.誰.喲.

替換單字

收據	水	藥
yeong su jeung	mur jom	yag jjom
영수증	**물 좀**	**약 좀**
用.樹.真.	母兒.從.	牙.從.

免費報紙	路線圖	交通卡
mu ryo sin mun jom	no seon do jom	ti meo ni ka deu jom
무료신문 좀	**노선도 좀**	**티머니카드 좀**
木.料.心.悶.從.	努.松.土.從.	提.末.尼.卡.的.從.

自己 Check　出發前：7天〇　6天〇　5天〇　4天〇　3天〇　2天〇　1天〇

Have a nice trip!

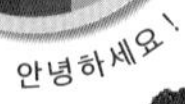

12 請＋○○。

ju se yo

名詞＋動詞＋주세요.

阻 塞 喲

註：這個句型中，括號裡的是助詞「名詞（를/을）＋動詞（아/어/해）＋주세요」。

實用例句

請給我看那個。

jeo geo seur bo yeo ju se yo

저것을 보여 주세요.

走.勾.思兒.普.喲.阻.誰.喲.

請加一些零錢。

jan do neur seo kkeo ju se yo

잔돈을 섞어 주세요.

餐.土.奴.瘦.勾.阻.誰.喲.

替換單字

到明洞／載	飯店／聯絡	計程車／叫
myeong dong kka ji / ga	ho te re / yeol la ke	taek si / jom bul leo
명동까지／가	**호텔에／연락해**	**택시／좀 불러**
妙.同.嘎.奇.／卡.	呼.貼.雷.／由.拉.給.	特.細.／從.普.拉.

房間／換	手／揮	醫生／叫
bang eur / ba kkwo	son / heun deu reo	ui sa reur / bul leo
방을／바꿔	**손／흔들어**	**의사를／불러**
胖.額.／爬.郭.	鬆.／恨.都.樓.	烏衣.莎.魯.／普.樓.

自己 Check 出發前：7天○ 6天○ 5天○ 4天○ 3天○ 2天○ 1天○

13 我想＋○○。

Track 34

go　si peo yo
動詞고＋싶어요.
姑　細 波 喲

實用例句

我想吃。

meok ggo si peo yo
먹고 싶어요.
摸.姑.細.波.喲.

我想去。

ga go si peo yo
가고 싶어요.
卡.姑.細.波.喲.

替換單字

買	說話	見面
sa go	i ya gi ha go	man na go
사고	**이야기하고**	**만나고**
莎.姑.	衣.呀.幾.哈.姑.	滿.娜.姑.

回去	玩	回家
do ra ga go	nol go	ji be ga go
돌아가고	**놀고**	**집에 가고**
土.拉.卡.姑.	農.姑.	幾.杯.卡.姑.

自己Check 出發前：7天○　6天○　5天○　4天○　3天○　2天○　1天○

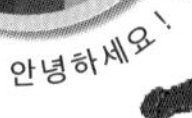

14 • 可以＋〇〇嗎？

r　　eur su　　i sseo yo

動詞ㄹ／을수＋있어요？

兒　　烏 樹　　衣 手 喲

註：「語幹末是母音或收尾音為ㄹ＋ㄹ수 있어요?」／「語幹末是子音＋을수 있어요?」

實用例句

可以說（韓語）嗎？

han gu geo har su i sseo yo

☐ **한국어 할 수 있어요？**

韓．庫．勾．哈兒．樹．衣．手．喲．

可以碰面嗎？

man nar su i sseo yo

☐ **만날 수 있어요？**

罵．那兒．樹．衣．手．喲．

替換單字

搭乘	修改	郵寄
tar su	go chir su	bo naer su
탈 수	**고칠 수**	**보낼 수**
塔兒．樹．	姑．妻兒．樹．	普．內兒．樹．

保管	唸	吃
mat ggir su	il geur su	meo geur su
맡길 수	**읽을 수**	**먹을 수**
馬．幾兒．樹．	憶．古兒．樹．	末．古兒．樹．

自己 Check 出發前：7天〇　6天〇　5天〇　4天〇　3天〇　2天〇　1天〇

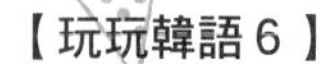

【玩玩韓語 6】

出發前7天旅遊韓語

發行人 ● 林德勝
著者 ● 金龍範

出版發行 ● 山田社文化事業有限公司
臺北市大安區安和路一段112巷17號7樓
電話 02-2755-7622
傳真 02-2700-1887

郵政劃撥 ● 19867160號 大原文化事業有限公司

總經銷 ● 聯合發行股份有限公司
新北市新店區寶橋路235巷6弄6號2樓
電話 02-2917-8022
傳真 02-2915-6275

印刷 ● 上鎰數位科技印刷有限公司
法律顧問 ● 林長振法律事務所 林長振律師
書＋1MP3 ● 定價 新台幣249元
初版 ● 2015年 3 月

© ISBN：978-986-246-415-1